真正的安宁本应蕴于静默的爱与创造！

但人须学会忍耐。

再等待片刻吧——烈日终将封缄所有唇舌。

# 目 录

# 反与正

*L'Envers et L'Endroit*

# 序言

本集子汇编的文章写作于 1935 年和 1936 年（那时我二十二岁），一年后在阿尔及利亚出版，印数极少。这一版本长期以来都很稀有，我也一直拒绝重印《反与正》。

我的执着背后并没有什么神秘原因。我并没有放弃这些作品所表达的任何东西，但我一直觉得它们的形式较为笨拙。我对艺术所抱有的偏见（我会在后面就此做详细解释）长期以来一直阻止我考虑将它们再版。这显然是一种极大的自负，甚至会让人以为我的其他作品已然无缺。需要指出事实并非如此吗？相较于其他作品，我只不过是对《反与正》的笨拙之处更加敏感罢了，我并没有忽视其他作品所存在的不足。该如何解释这一点呢？我只得承认，

《反与正》涉及且略微暴露了我心中最珍视的主题。与其文学价值相关的问题已经得到解决，现在我可以公开地表明，这个集子对我而言还具有巨大的见证价值。我说的是"对我而言"，因为它是在我面前进行见证的，而且它还要求我具备一种忠诚，这种忠诚的深度与难度只有我一人知道。我想试着说说其中的原因。

布里斯·帕兰[1]常常声称，这个集子收录了我最好的作品。但是帕兰错了。我知道他是个正直的人，我之所以说他错了，并不是出于每个艺术家在面对那些喜欢其过去样子胜过当下样子的人时都会显出的那种不耐烦。不是的。他之所以错了，是因为人在二十二岁时是几乎不懂得如何写作的，除非他是个天才。但我理解帕兰——这位博学的艺术之敌、满怀怜悯的哲学家——的意思。他想说的是，与后来的作品相比，这个集子笨拙的纸页间蕴含着更多

---

1　布里斯·帕兰（Brice Parrain，1897—1971），法国哲学家、散文家。（本书注释若无特殊说明，均为译者注。）

真实的爱，而且他说得很有道理。

因此，每个艺术家都在内心深处保有一泓独特的源泉，它滋养他终身，塑造他的模样，为他提供他所说的话。当源泉干涸，你就会看见其作品渐渐干瘪、开裂，化为艺术中的不毛之地，再也没有无形的水流来浇灌它。满脸胡楂，头发变得稀疏且干枯，这时的艺术家已然成熟，沉默不语，或足以供千篇一律的沙龙享用。至于我，我知道我的源泉存在于《反与正》之中，那是一个贫困与光明的世界，我曾在那里生活了很久，关于它的记忆至今仍保护着我，让我免遭两种相反的危险——怨恨与满足——的威胁，它们威胁着每一个艺术家。

首先，贫困对我而言从来都不是一种不幸：光明在其中播撒着它的财富。就连我的反抗也被它照亮。我想我可以童叟无欺地说，我的反抗几乎一直是为了所有人，为了所有人的生活都能高翔于光明之中。我不确定我的心是否生来就具备这种爱，但环境帮助了我。为了纠正一种天生的冷漠，我被置于贫穷与太阳之间。贫穷使我无法相信太阳下和历史中的一切都是好的;太阳让我懂得,历史并非全部。想要改变生活,可以,但不能改变世界,我已把世界奉为神明。也许,我就是由此开始从事这一困苦的事业的。我身处其中,天真地踏上一条钢丝绳,在那里艰难地前行,不确定是否能抵达终点。换言之,我成了一个艺术家,毕竟,艺术创作既离不开抗拒,也少不了妥协。

无论如何,那支配着我童年的美丽炽热使我从未有过怨恨。那时的我生活于窘迫中,但也生活于一种快乐中。我觉得自己拥有无限的力量,我只需为它们寻找一个着力点。阻碍这些力量的并非贫困——在非洲,大海和太阳一文不值。阻碍往往存在于偏见或愚蠢中。在那里,我利用各种各样的机会养成了一种"卡斯蒂利亚式作风",这对我造成了很多损害。亦师亦友的让·格勒尼耶常对此进行颇有道理的嘲讽。我曾试图纠正这种作风,却只是徒劳,直到我意识到,这种作风也是天性使然。所以，对我而言，与其如尚福尔[1]所说，为自己设定一些强于性格的道德原则，不如接纳自己的骄傲，并尽力让它为自己服务。但经过对自己的一番审视，我可以证明，我们之中最普遍的缺点，也就是嫉妒，从未位列我那么多的缺点之中，那才是社会与学说中真正的毒瘤。

有幸拥有这种免疫力并非我的功劳。首先，我将它归功于我的家人，他们几乎什么都缺，但又几乎什么都不嫉妒。这群大字不识一个的家人，通过他们仅有的沉默、沉稳和与生俱来的质朴内敛的自尊，给予了我至高的教诲，这些教诲至今一直存在。其次，我自己忙于感受，无暇梦想其他的事物。直到现在，当我在巴黎目睹一种大富大贵的生活时，它依旧常常鼓动我与此疏离，并生出一种怜悯。我们发现世界上存在着许多不公，但其中有一种我们从不提及，那便是环境的不公。长久以来，我在不

---

1　尼古拉 · 德 · 尚福尔（Nicolas de Chamfort, 1741—1794），法国作家，所作格言在法国社会广为流传。

知不觉中一直是这种不公的受益者。在此，我已经能听到那些气势汹汹的慈善家的谴责声了——如果他们能读到我的作品的话。我企图把工人当作富人，把资产阶级当作穷人，以便将前者的受奴役状态和后者的权力维持得更为长久。然而，并非如此。相反，当贫穷与这种既没有天空又没有希望的生活结合在一起时，最大的，同时也是最能引起反抗的那种不公就被消解了。成年后，我在我们城市边缘的那些可怕的郊区目睹过这种生活。我们的确应当竭尽全力地让这些人摆脱贫穷与丑陋的双重羞辱。我出生于贫苦的工人街区，然而，在目睹我们那些冷酷的郊区以前，我不知何为真正的苦难。就连阿拉伯人那种极端的贫穷都无法与之相比，因为天空的差异。我感觉，一个人一旦目睹过工业郊区，就会觉得自己被永远地玷污了，同时也觉得自己应对它的存在负责。

以上所说的内容，其真实性在如今丝毫不减。我有时会遇见一些生活在巨富中的人，我们甚至无法想象他们有多少财富。然而，我必须耗费一番力气才能够理解，有人竟会嫉妒这样的财富。很久以前，我曾花费一个礼拜的时间，尽情享受属于这个世界的丰盈财富：我们睡在露天的海滩上，以水果充饥，并在一片荒凉的水域里度过了半天的时光。在那段时光里，我懂得了一个真理，它一直促使我以讥讽、不耐烦，甚至是暴怒的态度，来对待舒适或安逸的征象。尽管我现在生活得无忧无虑，无须为明天而担心，因而可以说是享有特权，但我仍然不知如何占有。不需要我主动寻找，我所拥有的东西总会呈献予我，而我却无法留住其中的任何一样。在我看来，这与其说是由于挥霍无度，不如说是出于一种精打细算：我吝啬于此种自由，因为一旦财富开始泛滥，这种自由就会消失无踪。在我看来，最大的奢侈总与某种贫苦相伴而行。我喜欢阿拉伯人和西班牙人那种不加装饰的房屋。我最喜欢的生活与工作场所（更加非同寻常的是，这也可能是我死亡的场所）是酒店房间。我一直无法沉溺于所谓的室内生活（这常常是内心生活的反面）；所谓资产阶级式的幸福令我感到无聊与惊恐。但此种无能没有任何光彩之处，它没少助长我的坏毛病。我不嫉妒任何事物，这是我的权利；但我也并不总会在意他人的嫉妒，而这使我失去了想象力。也就是说，使我失去了善良。的确，我曾立下一条格言，以供我个人使用："人应当将道德原则应用于大事上，至于那些小事，只需抱以仁慈即可。"唉！人们立下一条条格言，只是为了填补其本性的漏洞。在我这儿，我所说的仁慈更确切地说应该叫作冷漠。其效果可想而知，并不那么神奇。

但我想强调的只有一点，即贫穷并不一定意味着嫉妒。甚至后来，当一场大病暂时将能改变我的一切生命力夺走，给我带来许多无形的缺点和新的短处的时候，我能感受到的只有恐惧和气馁，而并未有苦涩。这场疾病无疑给我增添了其他的桎梏，使我原有的桎梏变得更加沉重。它最终助长了这种心灵自由，使我与人类利益保持着微小的距离，这种距离让我始终免于怨恨。自从我开始在巴黎生活，我明白了这是一种至高的特权。但我无拘无束、无怨无悔地享用着它，至少到现在为止，它照亮了我的整个生命。譬如，作为艺术家的我是在赞美中开始我的生涯的，从某种程度上来说，这可谓人间天堂。（我们知道，今日法国的惯例与此恰恰相反，为了开启甚至结束文学生涯，你必须选择一个艺术家来嘲笑一番。）同样，我所怀有的对人类的激情从来不是"反对"。我所喜欢的人从来都是比我好、比我伟大的。我曾经历的贫穷不曾教授我怨恨。相反，它教授我某种忠诚，以及沉默的坚韧。如果我曾经遗忘这些，那么一定是我或者我的缺点造成的，而非我出生的那个世界。

也正是那些年的记忆，让我在从事我的职业时从未感到满足。在此，我想尽可能简单地谈一谈作家们通常三缄其口的那些事情。我甚至不会提及我们也许会在一本成功的书或一页成功的文章中得到的那种满足感。我不知道是否有许多艺术家体验过此种感觉。就我而言，我觉得自己不曾从重读一页已写就的文章中获得过任何一丝快乐。我甚至愿意承认——就算被当真了也没关系——我的某几本书的成功始终令我感到讶异。当然，你会渐渐习惯于此，这并不是件多么光彩的事。然而直到今天，与某些在世作家相比，我依旧觉得自己只是个学徒，我以他们真正的成就衡量他们的位置。我曾于二十年前将本集子收录的文章献给其中排在前列的一位[1]。作家当然有快乐，他们为之而生，这些快乐足以满足他们。但对我而言，这些快乐来自构思成型的那一刻，来自主题显现、作品结构在突然敏锐的感觉面前浮现的那一秒，来自想象力与智慧完全融为一体的美妙时刻。这些时刻转瞬即逝。然后就只剩下执行了，也就是经受一场漫长的刑罚。

从另一个层面看，艺术家也会因虚荣而快乐。作家总体而言是个虚荣的职业，尤其是在法国社会。不过，我这么说，并非出于鄙夷，而是因为略感遗憾。在这一点上，我与别的作家相似。谁能够自称没有这种可笑的缺点呢？毕竟，在一个嫉妒与嘲弄盛行的社会，我们的作家终有一天会被讥笑淹没，为这些拙劣的快乐付出沉重的代价。但实际上，在

---

1　即让·格勒尼耶。——作者注

我二十年的文学生涯里,我的职业为我带来的此种快乐寥寥无几,而且随着时间的推移变得越来越少。

在《反与正》中能瞥见一些真相,对于这些真相的记忆使我一直无法将这部作品从容地公开发表,并促使我频频拒绝,而这些拒绝并不总能让我交到朋友。对恭维或致敬视而不见,会让恭维者以为你瞧不起他,而实际上,你只不过是在怀疑自己罢了。同样,要是我显出一种在文学生涯里常常碰见的既严厉又讨好的混合态度,甚至像其他好多人那样夸大其词,那么我就能收获更多的同情,因为我终于加入游戏了。但我又能做些什么呢?我并不觉得这个游戏很有趣!吕邦泼雷[1]和于连·索雷尔[2]的雄心常因天真和谦虚而令我不安。尼采、托尔斯泰和梅尔维尔[3]的壮志恰因失败而令我震撼。在我内

---

1　吕西安·德·吕邦泼雷(Lucien de Rubempré),巴尔扎克小说《幻灭》中的人物,是个极具悲剧色彩的青年野心家形象。
2　于连·索雷尔(Julien Sorel),司汤达小说《红与黑》的主人公,也是个极具悲剧色彩的青年野心家形象。
3　赫尔曼·梅尔维尔(Herman Melville,1819—1891),美国作家,代表作有《白鲸》等。

心的隐秘处，我只有在最穷苦的生命和最伟大的精神冒险面前才会自觉谦卑。而在今日，处在两者之间的是一个令人发笑的社会。

有时，那些剧院的"首演"是唯一可以让我遇见"全巴黎"的地方——人们傲慢地将巴黎社会的上流人物称作"全巴黎"。在这些首演场中，我有时觉得观众快要消失了。这群上流人物似乎并不存在，令我感到真实的是另一群人——一帮朝着舞台大声叫喊的大人物。为了让自己不至于落荒而逃，我必须记得，这群观众每人也都有一场与他自己的约会；他知道这一点，并且过一会儿必定会去赴约。他又一下子变得与我情同手足了：孤独能将被社会分化的人团结起来。既然如此，该如何讨好这群上流人物，获得他们可笑的特权，称赞每一本书、每一个作者，舰着脸向正面评论表示感谢呢？为什么要试着收买对手？尤其是，该以怎样一副面孔来接受那些恭维与赞美呢？法国社会（至少是当着作者的面，因为他走了……）已将恭维与赞美滥用到与保乐[1]和八卦杂志等同的地步了。这一切我都做不到，这是事实。也许我内心充斥着这种恶劣的傲慢，我很清楚它的大小与力量。可假如仅仅是这样，假如仅仅是我的虚荣心在作祟，那么我觉得，我反倒会肤浅地享受那些恭维，而非不停地自找麻烦。不，我的确和其他人一样有虚荣心，但它主要是在面对有一定道理的批评时才起作用。我很清楚，面对恭维时，我的样子显得呆头呆脑、忘恩负义，但这并非出于骄傲，而是出于一种涌上我心头的奇特感觉（同时还有一种深深的冷漠，它附着在我身上，就像一种天生的缺陷）："重点不在于这些……"不，不在于这些，这也是为什么名声有时如人们所言，让人如此难以承受，以至于我们心中产生了一种带有恶意的快感，想要用尽办法来丢掉这名声。然而，时隔多年，当我为了这次再版而重新阅读《反与正》之后，在某些篇章前，尽管笨拙犹在，但我本能地觉得，重点恰恰在此。此处指的是那个老太太，一

---

1　保乐（Pernod），法国最古老的茴香酒品牌。

个沉默的母亲，贫穷，洒在意大利橄榄树上的阳光，孤独却充盈的爱，一切在我看来见证了真相的事物。

自写就这些篇章以来，我变老了，经历了很多事情。我知晓了自己的极限，几乎了解了自己身上的所有缺点。我对他人了解得却很少，因为与他们的反应相比，我对他们的命运更感兴趣，而他们的命运在不断地重复。我至少了解到，他们是存在的，而我如果无法将自私之心摒弃，那就应当让它变得更加清醒。享受自我是不可能的，这一点我是明白的，尽管我在这方面天赋异禀。如果孤独的确存在——虽然我不知道它是否真的存在——那么我们就有权像向往天堂那样向往它。和大家一样，我有时也向往它。但有两位宁静的天使一直禁止我进入那里：一位长着朋友的面孔；另一位有着敌人的模样。是的，这一切我都知道，而且我还全然了解——或者说或多或少有些了解——爱的代价。但关于生活本身，我如今知道的不比《反与正》所呈现的要多，尽管后者的手法很笨拙。

"若没有对生活的绝望，就没有对生活的爱恋。"

我曾在这些篇章中不无夸张地写道。我当时不知道自己说的有几分正确;那时的我还未曾经历真正的绝望时刻。后来,这样的时刻降临,摧毁了我心中的一切,却恰恰没有摧毁我对生活的无节制的渴望。这种既丰产又具有毁灭性的激情甚至回响在《反与正》最阴暗的篇章里,而我如今依然受其折磨。有人曾说,在一生中,我们仅能真正地生活几个时辰。这在某种意义上是正确的,在另一种意义上却是错误的。因为那种饥渴的热情——你会从下面的篇章中感受到——不曾弃我而去,而归根结底,它就是生活,它既包含了生活最好的一面,也包含了最坏的一面。无疑,我曾经想要修正它对我产生的坏影响。和所有人一样,我曾勉勉强强地试图用道德来修正我的本性。唉!让我付出最沉重的代价的正是这些尝试。有时候,拥有些许精力的人们最终走上了依照道德做人的道路,而非依照道德存在的道路。我恰恰就是个拥有些许精力的人。而在充满激情的时候梦想着道德,就等于在谈论着公正的同时献身于不公。我觉得人类有时就像一种行走着的不公：我想到了我自己。假如我现在觉得自己在所写的文章里有什么欺骗自己或者他人的地方的话，那一定是没能诚实地将我的不公大白于天下。毫无疑问，我不曾说过自己是公正的。我只说过要试着成为公正的人，而且我也说了，这是一种苦痛和苦难。但区别有那么大吗？一个无法让公正主导自己生活的人，他真的能鼓吹公正吗？倘若我们至少可以依照"荣誉"生活就好了，尽管那只是不公者自诩的美德。可我们的上流社会却把这个词视作淫秽之词；"贵族"一词成了文学界和哲学界的脏话。我不是贵族，我的回答在这个集子中：这里有我的亲人、我的老师、我的后裔；通过他们，这里又有了可以将我与一切结合在一起的东西。然而，是的，我需要荣誉，因为我没有伟大到可以忽略它的程度！

又有什么关系呢！我只是想要说明，自从这个集子问世以来，我行走了很多，却没怎么进步。很多时候，我自以为在前进，实际上却在后退。但是，最终我的错误、我的无知和我的忠诚必会把我带回经由《反与正》开辟的这条老路。你可以从我此后的所作所为中看见这条路的踪迹，而我一直——譬如在阿尔及尔的某些早晨——在这条路上行走着，伴着同样的微醺。

　　既然如此，为何长久以来都拒绝将这份见证付印呢？首先是因为我在艺术层面心存抵触，这与别人心中那些存在于道德层面或宗教层面的抵触类似。这一点必须反复强调。作为自由本性之子，我对禁止——"这不能做"的观念——是十分陌生的。可它却作为一种严格艺术传统的奴隶存在于我心中，而且是个仰慕我的奴隶。也许正因如此，这种不信任与我内心的混乱状态为敌，所以是有益的。我了解我的混乱，那是一种由某些本能而产生的暴力，一种我可以委身其中的无情的放纵。为了将艺术品建造起来，首先必须利用这些黑暗的灵魂力量。我不得不开凿运河以引导这些力量，在它们周围筑起堤坝，这样它们的水流才能随之高涨。但即使是在今天，我的堤坝依旧筑得太高。有时候，那种呆板态度就会从中而生……简单来说，在我的言行建立起一种平衡状态的那一天，也许也将在那一天——我不太敢把它写下来——我能建造起我所梦寐以求的作品。我的意思是说，它将在某种程度上与《反与正》相似，而且它将论及某种形式的爱。于是你也就可以理解我将这些年轻时代的文章藏在自己身边的第二个原因了。那些对我们而言最珍贵的秘密，我们常常将它们托付于笨拙与混乱之中；同样，我们也会在一种过于做作的伪装下出卖它们。最好的方法是等待自己成为专家，从而可以赋予它们以形式，不停地让人们倾听它们的声音；等待自己学会以大致均衡的分量将本性与艺术渐渐结合在一起。总而言之，等待自己存在。因为存在意味着能同时做好一切事情。在艺术中，一切都同时出现，或者什么都不出现。没有火焰就没有光芒。司汤达某日写道："然而，如果我的灵魂不能燃烧，那它对我而言就是一团作痛的火焰。"在这一点上与司汤达相似的人们，他们只应在这熊熊火焰中从事创作。在火焰顶端，呐喊声腾云直上，创造出一个个词语，这一个个词语使那呐喊声在其间回响。我在此谈论的，是我们所有人日复一日等待着的东西。我们这群不确定自己是不是艺术家，但确信自己不会是其他东西的人，日复一日地等待着它，只有这样，我们最终才能同意继续活下去。

所以，既然要等待，而且可能是徒劳的等待，我如今又为何同意出版此集子呢？首先是因为，有些读者找到了说服我的理由。[1]然后是因为，在艺术家的一生中，总会有那么一个时刻降临——到那时，他必须明确自己的处境，接近自己的中心，然后努力留在那里。今日的情况便是如此，我无须再多说什么。假使有一天，在为建立一套语言，使神话变得鲜活而付出了那么多努力后，我依然没能重写《反与正》，那么我也绝不会落到一事无成的地步，这便是我暗地里的信念。总之，没有什么能阻止我梦想自己会成功；没有什么能阻止我设想，将一个母亲古怪的沉默和一个男人的努力置于作品的中心，以找回一种可以平衡这沉默的公正或爱。在

---

[1] 理由很简单。"这本集子已然存在，但印数极少，在一些书店里高价出售。为什么只有有钱的读者有权阅读它呢？的确，为什么呢？"——作者注

这关于生活的梦想中，呈现在你眼前的是这样的一个人，他找到了自己的真相，然后又把它丢失在死亡的土地上，历经战争、呐喊、公正与爱的疯癫，以及最终到来的痛苦，以图回到宁静的家乡，在那里，死亡本身就是一种幸福的沉默。呈现在你眼前的还有……是的，没有什么能阻止我的梦想，即使是在放逐期间，因为我至少确确实实地明白：一件人类的作品无非是一条漫漫长路，你走在这条长路上，为的是经由艺术的迂回曲折找回两三幅心灵初开时简单而伟大的图景。也许这就是为什么，在历经二十年的创作与产出后，我继续抱着这样的观念生活：我的作品甚至尚未开工。在此再版之际，我重新翻开了首批诞生于我笔下的作品，在此我便认识到，我首先想要传递的正是以上的观念。

# 讥讽

两年前，我结识了一位老太太。她患有一种疾病，以为自己会死于这种病。她身体的右侧全部瘫痪了。她在这世界上只剩下一半，另一半对她而言已然陌生。她原本是个好动、健谈的小老太太，如今却变得沉默寡言、不能走动。终日孤身一人，不识字，也不怎么敏感，她将整个生命都奉献给了上帝。她笃信他。她有一串念珠、一座铅制的耶稣像，以及一座用灰泥制的圣约瑟怀抱圣婴像，这些都是证据。她不相信自己的疾病是不治之症，但又在口头上断言它无法被治愈，这是为了引起别人的关心，让别人也信赖她深爱的上帝。

那一天，她引起了某个人的关心。那是个年轻人（他觉得其中必有一个真相，此外他知道，这位老太太命不久矣，但她对解决这一矛盾并不上心）。他对老太太的烦恼给予了真正的关心，而这关心对那病人而言是个意想不到的收获。她向他热烈地诉说了自己的痛苦：她已到山穷水尽之时，是时候把位置让给年轻人了。她真的感到烦恼吗？这是肯定的。人们都不跟她说话。她就待在自己的角落，像只狗。最好一了百了。因为与其成为某个人的负担，她宁可死去。

她的声音变得像在吵架。这是在市场上讨价还价的声音。然而，那个年轻人全然理解。不过，他认为，成为他人的负担要好过死去。但这只能证明一件事：毫无疑问，他从未成为他人的负担。因为他看见了那串念珠，就对老太太说："您还有上帝。"的确如此。然而，即使是在这一方面，依旧有人使她烦恼。当她碰巧祈祷了很久，当她的目光迷失在地毯上的某个纹样里，她的女儿会说："她又在祈祷了！"病人回敬道："这关你什么事呢？""这不关我任何事，但最后总令我心烦。"然后老太太就闭上了嘴，向女儿投去一个长长的责备的眼神。

年轻人倾听着这一切，一种难以名状的巨大痛苦紧攫着他的胸口。老太太又说道："等她老了就知道了。到时她也需要祈祷！"

我们能感觉到，这位已从除上帝以外的一切事物中解脱出来的老太太，全然屈服于这最后的痛苦。她出于自身需要而维持着高尚的品德；她过于轻易地相信，她眼前剩下的是唯一值得去爱的美好；她最终无可挽回地陷入上帝为人类设下的苦难之中。但假若生之希望重生，上帝在人类利益面前就会显得无力。

他们坐在餐桌前。年轻人也被邀请共进晚餐。老太太一口也不吃，因为这天晚上的菜肴不易消化。她就待在自己的角落，待在那个曾经倾听她的人的背后。那个曾经倾听她的人感到有人正注视着自己，这一餐吃得不是很好。然而，晚餐有了进一步的发展。为了延长这场聚会，他们决定去看电影。一部喜剧片恰好正在上映。年轻人冒冒失失地同意了，没有虑及依然存在于他背后的那个人。

宾客们起身去洗手，然后离开了。显然，老太太不可能去。即使她的手脚还灵便，她也会因缺乏学识而看不懂电影。她说她不喜欢电影。实际上，是她看不懂。而且，她就待在自己的角落，对自己的念珠展现出一种巨大而虚无的兴趣。她将信任全然寄托于它。她保有的三样物件对她而言标志着神性的物质起点。在念珠串、耶稣像、圣约瑟像的背后，一个巨大而深邃的黑洞开启，她将她所有的希望都放置于其中。

所有人都准备好了。他们走近老太太，拥抱她，向她道一声晚安。她已然明白，于是用力地握紧她的念珠串。但这一动作中的绝望似乎并不比虔诚少。他们已经拥抱了她。只剩那个年轻人了。他和老太太深情地握过了手，已经转过身去。她看着这个曾关心过自己的人离开。她不想孤身一人。她已然感受到了孤独的恐怖、长时间的失眠、与上帝单独会面的沮丧。她感到害怕，从此只信赖这个年轻人，紧抓着唯一曾对她表示过关心的这个人，拉住他的手不放，紧紧地握着，笨拙地向他表示感谢，好让自己的要求显得正当。年轻人感到尴尬。其他人已经转过身来叫他快一点了。电影九点钟开场，最好到得早一些，这样就不用在售票处排队了。

他觉得自己被置于迄今遇到过的最可怕的不幸面前：一个体衰的老太太的不幸，一群人为了去电影院而抛下她。他想出发，想躲开，不愿意多想，于是试着缩回他的手。有那么一瞬间，他对老太太涌起一种强烈的憎恨，想要狠狠地扇她耳光。

他最终得以脱身出发，而那位病人则在扶手椅上半坐半起，恐惧地看着她唯一可以依靠的确定性消失于眼前。现在，没有什么能保护她了。她全然沉浸于对自身死亡的思考中，不知使自己恐惧的究竟是什么，只觉得自己不想孤身一人。上帝对她毫无用处，只会将她从人群中绑走，让她茕茕孑立。她不想离开人群。因此，她开始哭泣。

其他人都已经走在街上。一种内疚感在年轻人心头挥之不去。他抬头看向亮着灯的窗户，窗户就像寂静宅邸中一只无神的大眼。大眼合上了。老太太的女儿对年轻人说："她孤身一人时总会关灯。她喜欢待在黑暗里。"

那个老头赢了，他扬起眉毛，趾高气扬地摇着食指。他说："我呢，我父亲那时候每周给我五法郎，供我一直玩到周六。好吧，我当时还是想办法存下了几苏[1]。为了见我的未婚妻，我会在原野里走上四公里，然后再走四公里回来。得了，得了，我告诉你们，现在的年轻人已经不会寻欢了。"他们围坐在圆桌周围，其中三个是年轻人，只有他的年纪大。他讲述着自己那些蹩脚的冒险经历：把一些幼稚的蠢事拔得特别高，把一些烦人的事当作胜利来庆祝。他在讲述时从不停顿，由于急着在别人走开前把所有事情都说出来，他只保留他认为能打动听众的那部分往事。让人听他讲故事是老头唯一的怪癖：他拒绝看见别人眼神中的讥讽，以及我们用来羞辱他的粗鲁嘲笑。在那几个年轻人眼中，他是在他那个年代一路顺风顺水的老头，而他也自认为是个阅历丰富、备受尊敬的前辈。年轻人不知道，阅历等同于失败，而为了懂得些许道理，他们必须失去一切。

---

1　苏是原法国的辅币单位，1法郎合 20 苏。

他受过苦。对此，他三缄其口。还是表现得快乐一点比较好。而且，尽管他这么做是不对的，但想要用自己的苦难来感动他人，只会比这错得更严重。当你全然忙于生活时，一个老人的痛苦又算得了什么呢？他不停地说着，滔滔不绝，愉快地迷失于自己洪亮嗓音所产生的一片灰暗之中。但这并不会持续很久。他的快乐抵达了终点，听众们的注意力也逐渐衰退。他甚至不再那么风趣了，他老了。年轻人喜欢台球和扑克，因为这些都和日常的愚蠢工作不太相同。

他很快便孤身一人，尽管为了使自己的故事更有吸引力，他付出了许多努力，撒了许多谎。年轻人无礼地走开了。他又一次孤身一人。不再被倾听：年老的可怕之处就在于此。他被迫陷入沉默与孤独。他被告知，自己将不久于人世。而一个将死的老人是无用的，甚至是碍事的、狡诈的。就让他走吧。如果做不到，那就让他闭嘴吧，这是最起码的尊重。而他感到痛苦，因为只要闭嘴，他就不得不想起自己已经老了。然而，他起身离开了，面带微笑地迎向周围每一个人。但他碰到的只有一张张冷漠或是洋溢着他无权参与的快乐的脸。一个人笑着说："她老了，的确如此，但有时候，最好的汤是从老锅里炖出来的。"另一个人则更严肃地说："我们不像你那么有钱，但也吃得很好。你看我那孙子，吃得比他爸还多。他爸需要吃一斤的面包，而他却要吃两斤！还有香肠、奶酪。有时候他吃完了，就'啊啊'地叫唤，然后接着吃。"那老头走远了。他迈着缓慢的步伐，就像头迈着碎步劳作的驴。他沿着人潮拥挤的漫长人行道行走。他感到不舒服，但不想回家。往常，他很喜欢回到桌子和煤油灯前，回到盘碟前，他的手指会不由自主地在盘碟上找到自己的位置。他还喜欢沉默的晚餐，老伴坐在他面前，一口一口慢慢地咀嚼，脑袋放空，呆滞的眼神定在那儿一动不动。这天傍晚，他比平时回得更晚。晚餐已经准备好，凉了，老伴也已经睡了。她不担心他，因为她知道他会时不时地晚归，一声招呼也不打。她会说："他又发疯了。"就这样。

现在，他迈着轻柔而固执的脚步行走。他孤身一人，老态龙钟。在人生的暮年，衰老以令人作呕的形态降临。一切都通向不被倾听。他行走着，在街角拐了个弯，被绊了一下，差点跌倒。我看见了他。这很可笑，可又有什么办法呢。虽然如此，可他更爱这街道了。他爱走在这街道上，胜过那些待在家里的时光。在那些时光里，高烧让他看不见他的老伴，并把她隔绝在房间里。有时候，门缓缓地打开，半开半闭了片刻。一个人走了进来，他穿着浅色的衣服。他坐在老头面前，沉默了好几分钟。他一动不动，就像刚才半开半闭的门。他时不时地摸摸自己的头发，轻轻地叹一口气。他用一种不变的饱含悲戚的目光看了老人许久，然后默默地离开了。在他身后传来一阵门上锁的沉闷声响，而老人惊恐地待在那里，心中全是酸涩而痛苦的恐惧。在街上时，虽然他遇见的人很少，却也不是孤身一人。他的高烧开始吟唱。他的碎步迈得越来越急：明天一切都会改变，明天。忽然间，他发现明天还会是如此，以及后天，每一天。这无可救药的发现将他击垮。让你死去的正是这样的想法。人们因无法忍受这样的想法而自杀，或者，若他们还年轻，他们会把它书写成篇章。

老了，疯了，醉了，我们不知道。他的结局会是个有尊严的结局，引人啜泣、令人欣羡。他将在美中死去，也就是说——在痛苦中死去。这将给他以安慰。况且，他又能去哪里呢：他永远地衰老了。人人都在为终将到来的晚年添砖加瓦。他们意图为这无可救药的晚年添上一份悠闲，而这份悠闲令他们手无寸铁。他们都想成为工头，这样就可以在一栋小别墅里安享晚年了。可一旦堕入这个年纪，他们就会明白自己搞错了。他们需要别人来保护自己。而对这个老头而言，他需要别人倾听他，好使自己还能对生活抱有信心。现在，街道变得更加昏暗，行人也没那么多了。依然有声音传来。在傍晚奇怪的平静中，这些声音变得更庄重。在环绕着城市的山丘后面，依旧残存着白日的微光。不知从何处飘来一团浓厚的烟雾，笼罩在林木繁茂的山脊上。烟雾缓缓升起，层层叠叠的，宛如一棵松树。老人合上了眼睛。生活带走了城市隆隆的喧嚣和天空冷漠的憨笑。在它面前，他孤身一人，惊慌失措，全身赤裸，已然死去。

还有必要描述这枚美丽奖章的反面吗？你一定料到了：一间肮脏、阴暗的房间里，老伴正在餐桌上摆放碗碟——晚餐已准备完毕，她坐下来，看一看时间，又等了一会儿，然后开始用餐，胃口不错。她想："他又发疯了。"就这样。


他们一家五口人生活在一起：外婆、她的小儿子、她的大女儿，以及大女儿的两个孩子。那小儿子几乎是个哑巴；大女儿身有残障，思考起来很艰难；至于她的两个孩子，一个已经在一家保险公司上班，另一个年纪小些，仍在上学。七十岁的外婆依旧掌管着这方天地。在她的床头，有一幅她的肖像。肖像中的她比现在年轻五岁，站得笔挺，身着黑色连衣裙，领口紧束且点缀着一枚垂饰，脸上没有一丝皱纹，两只大眼睛澄澈而冷静，颇有女王的仪态。只不过随着年龄的增长，她渐失这种仪态，但有时依然会试着在街上恢复它。

正是这双澄澈的眼睛给了她外孙一段至今依旧令他脸红的记忆。那老太太会趁有客人来访时严肃地看着他，然后问道："你更喜欢谁？你妈妈还是你外婆？"当母亲本人在场的时候，这个游戏就变得复杂了。因为孩子每次都会回答："我更喜欢外婆。"尽管他心中对这位总是缄默不语的母亲怀着浓厚的爱意。然后，当客人对他的喜好感到惊讶时，母亲会说："是她把他拉扯大的。"

这也是因为老太太认为，爱是一种可以强求的东西。她曾是个好母亲，那段做好母亲的经历告诉她要严厉，不能太过宽容。她从未对丈夫不忠，而且为他生了九个孩子。在丈夫去世后，她以充沛的精力将她的孩子们抚养成人。后来他们从城郊农场搬到了一个贫穷的旧街区，从此一直住在那里，已经住了很久了。

诚然，这位老太太身上不乏优点，但她那两个外孙已经到了能做出独立判断的年龄，对他们而言，她只是个做作的演员罢了。他们从一个姨父那里听到了一个意味深长的故事。有一回，这个姨父来拜访他的丈母娘，看见她无所事事地倚在窗口。可当她来迎接他时，手上却拿着块抹布。她向他连连道歉，说自己的家务活太多，时间太紧，这让她不得不继续劳作。不得不承认，一切皆是如此。她很容易在家庭会议结束后晕倒。她还因患有肝病而常常呕吐，十分痛苦。但她在发病时毫不遮掩。呕吐时，她不但不把自己隔离起来，反而吐得很大声，还吐在厨房的垃圾桶里。然后她脸色苍白地回到家人中间，眼里充满了因费力呕吐而涌出的泪水。如果有人恳求她上床休息，她会提醒他说，自己还有饭要做，并强调自己在家庭管理中的重要地位："这里的事情都是我做的"；以及 "要是我不在了，你们会变成什么样子"。

两个孩子习惯于无视她的呕吐，无视她所谓的"抨击"，无视她的抱怨。有一天她卧床不起，要求看医生。他们满足了她的要求，叫来一个医生。医生第一天将她的病情诊断为轻微的不适，第二天诊断为肝癌，第三天诊断为严重的黄疸。可两个孩子中年纪较小的那个固执地认为，这只不过是另一出全新的大戏罢了——她在装病，而且装得很逼真。他并不感到担心。这个女人给了他太多的压迫，以至于他不可能一上来就觉得悲观。而他之所以头脑清醒，拒绝去爱，是因为心中有一种绝望的勇气。但把疾病当儿戏的人，终将吞下其苦果：外婆装病一直装到了去世。最后那天，在孩子们的陪伴下，她从肠道的翻江倒海中解脱出来。她爽直地对她的外孙说："你看，我像只小猪猡一样放着屁。"一个小时以后，她就去世了。

她的外孙现在意识到自己根本没有明白眼前发生了什么。他无法摆脱这样的想法：方才在他面前上演的，是外婆最后也是最可怕的一出戏。而要是他扪心自问有多痛苦的话，他会发现自己根本感觉不到一丝痛苦。只有在葬礼那天，大家都泪流满面，他哭了出来，但仅仅是因为害怕自己显得不够真挚，害怕在死亡面前撒谎。那是一个美丽的冬日，阳光明媚。在蔚蓝的天空中，你能感觉到一种闪烁着黄色的冷意。公墓俯瞰着城市，你能看见美丽而透明的阳光洒落在波光粼粼的海湾上，那海湾就像一瓣湿润的嘴唇。

　　这三者难道毫无关联？那美丽的真相。一个被要去看电影的人遗弃的老太太；一个不再被倾听的老头子；一个不值一文，但在另一边却能换来世上一切光明的死者。如果接受了这一切，会有什么不同吗？三者的命运相似却又各异。他们都死了，但死的方式各不相同。毕竟，太阳依旧温暖着我们的骸骨。

# 是与否之间

　　据说，只有失去的乐园才是乐园。假若真的如此，那我知道该如何形容今天占据我的那一点点温柔与无情了。一个漂泊异乡的人回到故国。而我，我记起来了。嘲笑戏弄，僵直不适，一切都闭上了嘴，而我回到了故国。我不想把这幸福反复地来回咀嚼。不用那么复杂，无须如此烦琐。因为在我从遗忘深处寻回的那些时光里，贮存着完好的记忆——那记忆关乎一份纯洁无瑕的感情，关乎一个悬停于永恒的时刻。这是我身上唯一的真实，可我却总是明白得太晚。我们喜爱做动作时的柔软屈伸，喜爱眼前景致里耸立起一棵树的那种遽然。而要重建这种爱，一个细微的局部就已然足够：或是密闭已久的房间的一丝气味，或是路上独特无他的一阵脚步。我也一样。而如果我全身心地去爱，那么最后我就会成为我自己，毕竟，只有爱可以把我们变成自己。

缓慢地，平静地，庄重地，那些时光又浮现，同样艰难、同样动人——因为正值傍晚，因为正值悲伤的时刻，因为暗淡无光的天空中有某种模糊的欲念。每个重现的动作都在向我揭示我自己。有一天，有人曾跟我说："生活如此艰难。"我记起了他的语调。另有一次，某人曾向我低语："最坏的错误，当数让人受苦。"当一切结束时，对生的渴望也就熄灭了。这就是所谓的幸福吗？沿着这些回忆，我们为一切事物都穿上相同的朴素衣装，而死亡在我们眼中便成了一块泛着老旧色调的幕布。我们重新审视我们自己。我们感觉到自己的痛楚，我们偏爱上了这痛楚。是的，也许这就是幸福——对自身之不幸的怜悯之情。

今晚亦是如此。在这家坐落于阿拉伯城市尽头的摩尔人咖啡馆，我回忆起的并非往日的幸福，而

是一种奇特的感受。夜已深。墙壁上绘着几棵长着
五条分枝的棕榈树，几只呈金丝雀黄的狮子正在树
林间追逐几位身着绿衣的阿拉伯酋长。在咖啡馆的
一角，一盏电石台灯散发着断断续续的光芒。照明
其实靠的是炉火。炉火生在一座饰有绿色和黄色珐
琅的小火炉内，火光照亮屋子的中心，我能感觉到
它映在我脸上的倒影。我正对着门和海湾。咖啡馆
的店主蹲在角落里，似乎正看着我的杯子，杯子已
经空了，一片薄荷叶躺在杯底。店里没有其他人，
城市的声音从下方传来。更远处，灯光照在海湾上。
我听见那阿拉伯人粗重的呼吸声，他的眼睛在幽暗
中闪烁着。远处传来的，是大海的声音吗？世界以
悠长的节奏向我叹气，带给我永生不死者拥有的淡
漠与宁静。巨大的红色反光让墙上的狮子跃动起来。
空气变得清新。海上传来一阵汽笛声。灯塔开始转
动：一束绿光，一束红光，一束白光。而世界的这
道悠长叹息始终在此。从这淡漠中诞生了一种隐秘
的歌声。而我回到了故国。我想起一个过去生活在
贫困街区的孩子。那街区，那房子！那里只有两层

楼，楼梯间昏暗无光。如今，在那么多年以后，他依旧会在深夜回到那里。他可以全速爬上楼梯，没有任何磕绊。他的身体已被那房子的气息浸透。他的双腿精确地记录了那些台阶的高度。他的手准确地丈量了楼梯扶手，揣着本能的、永不能战胜的恐惧。只因害怕蟑螂。

夏日的傍晚，工人们都坐在阳台上。他家里却只有一扇小窗。于是他们搬来几把椅子，摆在屋前，品味这傍晚。一旁是街道，街道上有卖冰激凌的小贩，对面是咖啡馆，孩子们从一扇门蹿到另一扇门，传来阵阵喧嚷。但最重要的是大榕树间的一方天空。贫穷中有一种孤独，但这孤独使每样事物都弥足珍贵。当富裕达到某一程度，天空本身和繁星闪烁的夜晚都像是自然资源。但在财富阶梯的底层，天空被赋予了完整的意义：一种无价的恩典。夏日的夜晚，星辰在神秘中噼啪作响！孩子的身后是一条散发着恶臭的走廊，他的那把小椅子已经裂开，快要在他的屁股下塌陷。可他依然抬起双眼，举杯庆祝这纯粹的夜晚。有时会有一列有轨电车经过，车体宽大，速度极快。最后会有一个醉鬼在某条街道的角落低声吟唱，却没能打破这静默。

孩子的母亲也静默不语。有时，人们会问她："你在想什么？""什么也不想。"她这样回答。的确如此。一切都在那儿，所以她什么也不想。她的生活、她的兴趣、她的孩子都清清楚楚地在那儿，它们的存在太过理所当然，致使它们无法被感知。她身有残障，思考起来很艰难。她有一位严厉、专横的母亲，她母亲为维护自己敏感的野兽般的自尊而不顾一切，曾长久地支配着女儿脆弱的心灵。女儿在丈夫死后从婚姻中解脱出来，乖乖地回了娘家。据说，她丈夫是在战场上光荣牺牲的。人们可以看到，一枚英勇十字勋章和一枚军功奖章被保存在金色相框中，放在显眼的位置。医院还曾给这位寡妇寄来一块从她丈夫身体里取出的小小弹片。寡妇把它保存了下来。她早已不再悲伤。她已将丈夫遗忘，却依旧会谈起孩子的父亲。为了把孩子拉扯大，她辛勤劳作，然后把钱寄给她母亲。她母亲负责教育孩子——用一根马鞭。当她母亲打孩子打得太重，她会对她说:"别打头。"因为那是她的孩子,她爱他们。她给他们以同等的爱,却从不向他们显露。有时,就和他方才忆及的那些个傍晚一样,她结束劳累的工作(她帮人做家务)回家,发现家里空无一人。老太太出去买菜了,孩子们还在学校。她蜷缩在一把椅子上,眼神蒙眬,狂乱地追逐着地板上木纹的走向,茫然地迷失其中。在她的四周,夜色渐浓,她沉默不语,陷入一片无法挽救的荒芜。如果孩子于此时走了进来,他会辨认出一个肩膀瘦削的孱弱身影,然后停下脚步:他感到害怕。他开始对许多东西有了感受。他还几乎意识不到自身的存在。但在这野蛮的寂静面前,他难受得想哭。他同情他的母亲,这是否意味着他爱她?她从未爱抚过他,因为她不知该如何爱抚。他就这样在原地待了好几分钟,呆呆地望着她。他对她感到陌生,却由此体会到了她的痛苦。她听不见他,因为她耳聋。过不了多久,老太太就会回来,生机将会重现:点上散发着圆圆光晕的煤油灯,铺上桌布,大声喊叫,说着粗鄙之语。但现在,这种寂静标示出一刻间歇,那是无比漫长的一瞬。孩子的心底有种隐约的感觉，他觉得，自己在这番萦绕心头的冲动中感受到了对母亲的爱。他本应如此，因为她毕竟是他的母亲。

她什么也不想。外边，光线交织，声音嘈杂；此处，寂静无声。孩子会长大，会学习。人们教育他，会要求他心存感激，仿佛这就可以使他免受痛苦之扰。他的母亲会一直如此寂静。他会在痛苦中成长。长大成人，这才是最重要的。他的外婆会死去，然后是他的母亲，以及他自己。

母亲惊跳了一下。她感到恐惧。他这样望着她，一副愚蠢的模样。他应该去写作业。孩子已经写完了作业。今天他坐在一家肮脏的咖啡馆里。他现已长大成人。这难道不是最重要的吗？当然不是。因为写完作业、接受长大成人的现实只会使他变老。

那阿拉伯人一直蹲在角落，双手抱脚。露台升起一股烘焙咖啡豆的香味，伴着年轻人热烈的闲聊声，还有一艘拖船发出的低沉、轻柔的音符。世界在此终结，就像每个白日都结束于此一样，而它所有无尽的折磨现在也荡然无存，只剩下这平静的承诺。这位古怪母亲的冷漠！如今我只有用世界无边无际的孤独才能衡量它。某个傍晚，有人把她的儿子——已经长大了——叫到她身边。她因受惊吓而遭受了严重的脑震荡。她习惯在白日将尽时到阳台上去。她会带上一把椅子坐下，然后把嘴巴贴在阳台冰冷肮脏的铁栏杆上。她看着人来人往。在她身后，夜色一点点地积聚。在她面前，商店突然亮起了灯。街道因挤满人群、洒满灯光而显得更为宽大。她漫无目的地向那里凝望，最后迷失其中。就在那一个傍晚，一个男人突然出现在她身后，对她生拉硬拽，虐待了她一番，最后因为听见附近有动静而逃走了。她什么都没看见，因为她晕倒了。当她儿子赶来的时候，她已躺在床上。他听从医生的建议，决定在她身旁过夜。他躺在床上，躺在她身边，和她盖着同一床被子。那时正值夏天。炎热的房间里弥漫着对于方才那场惨剧的恐惧。脚步的嗒嗒声、房门的嘎吱声此起彼伏。沉闷的空气中飘荡着一股酸味，那是用来给病人降温的醋的味道。她焦躁不安，唉声叹气，有时突然惊跳一下。他因此不时地被她从瞌睡中惊醒——已然十分警觉的他突然从短暂的梦境中醒来，大汗淋漓。他看了眼手表，夜灯的火焰在表上跳动了两三下，然后他又沉沉地睡去。后来他才意识到，那天夜晚，他们是多么孤独。两人孤单地对抗所有人。当他们俩一同承受着高热时，"他人"都在梦中酣睡。在这栋老房子中，一切都像是空心的。午夜无轨电车远去的声音将人类带给我们的所有希望都排放一空，将城市喧嚣给予我们的所有确定性都驱散殆尽。房子里依然回响着它们驶过的声音，但渐渐地，一切都消失了。只剩下一座寂静的大花园，时而生长出病人一声声惊恐的呻吟。他从未感到如此不自在。世界溶解了，和它一道溶解的还有那种以为生活每天都会重新开始的幻想。一切都不再存在，无论是学业还是雄心，无论是对餐馆里菜肴的偏好抑或最喜欢的颜色。只有疾病和死亡，而他感觉自己正陷入后者之中……然而，就在世界崩塌的那个时刻，他活了过来。他最后甚至睡着了。但那绝望而温柔的图景依然挥之不去，那是一种属于两个人的孤独。后来，很久以后，他都会记起那混杂了汗水和酸醋的味道，记起这感受到自身与母亲之间的纽带的时刻。仿佛她就是他心中广阔无垠的怜悯，流溢在他的四周，化作了一具躯体；无须伪装，认真地扮演着有着触动人心的命运的可怜老太太角色。

现在，火炉中的火焰快要被灰烬覆盖。大地的叹息依然如故。可以听见一只达拉布卡鼓[1]的吟唱，声音清脆，节奏鲜明。一个女人的笑声夹杂其中。海湾上摇曳着点点灯火，那无疑是正在驶回港口的片片渔舟。从我的位置可以望见一片三角形的天空，那里已全然没有白日的云彩。繁星点点，这片天空在清新微风的吹拂下微微颤抖。夜晚在我周围缓慢地拍动着它轻柔的双翼。它会飞多远？在这夜晚，我不再属于我自己。"简单"一词中蕴含着一种危险的德行。今晚我明白了，人是有可能主动求死的，因为当你从某个角度看透了生活，一切都变

---

1　达拉布卡鼓，又称中东鼓或阿拉伯鼓，一种流行于北非和西亚地区的手鼓，呈高脚杯形状。

得不再重要。一个受苦的人，不幸一遭接一遭地降临在他身上。他忍受着，安居于自身命运之中。人们尊敬他。然后，一天傍晚，什么也没发生：他遇见了一个他曾经深爱的朋友。此人心不在焉地与他交谈。回家后，那个人自杀了。随后人们便谈论起内心抑郁和隐秘惨剧。不。如果他的自杀一定要有个缘由的话，那一定是朋友跟他交谈时心不在焉的态度。因此，每当我觉得自己领悟了世界的深刻意义时，令我震撼不已的总是它的简单。那个傍晚，我的母亲，以及她古怪的冷漠。还有一回，我住在一栋郊区别墅里，孤身一人，与我相伴的只有一只狗、两只猫以及它们的小猫，都是黑色的。母猫喂不饱它的孩子。一只接着一只，小猫们都死了。粪便在它们的窝里肆意横流。每天傍晚回家时，我都会发现一只全身僵硬、嘴唇翘起的小猫。一天傍晚，我发现了最后一只，已被它母亲吃掉了一半。它已经发臭。死尸的臭味与尿臊味混合在一起。我于是坐在这悲惨场景的中央，将手埋进粪便里，呼吸着腐败的气味。母猫静静地坐在角落里，我久久地凝视着它绿色眼睛中闪烁着的狂乱的光。是的，今晚就酷似这番场景。贫困一旦达到一定程度，一切都无从谈起，无论是希望还是绝望，都显得无凭无据，而整个生活都简缩为一个图景。但为何要止步于此？简单，一切都是简单的：在灯塔的光芒中——一束绿光，一束红光，一束白光；在夜晚的清凉中，在向我升腾而来的城市与贫穷肮脏之所的气味中。如果在今晚，某种童年时代的影像重现在我面前，那我又怎能不接纳从中汲取的有关爱与贫穷的教诲呢？既然此刻就像一种是与否之间的间隙，那么就让我把对生活的希望与厌恶留给别的时辰吧。是的，只需将失去的乐园的透明与简单收集在一幅图景中。就这样，不久前，一个儿子来到一个旧街区的一座房子里看望他的母亲。他们面对面地坐着，沉默不语。但他们的目光相遇：

"那个，妈妈。"

"嗯，我在。"

"你感到无聊吗？我话太少了，对吗？"

"噢，你向来很少说话。"

一个不动嘴唇的灿烂微笑浮现在她的脸上。的确，他很少和她说话。但说真的，又有什么必要呢？保持缄默，情况自然会变得明朗。他是她的儿子，她是他的母亲。她可以对他说："你知道的。"

她盘腿坐在长沙发前，双手抱膝。他坐在椅子上，几乎不看她一眼，只是一个劲儿地抽烟。一片沉默。

"你不该抽那么多烟。"

"的确。"

街区的各种气味从窗口飘进来。隔壁咖啡馆的手风琴，傍晚拥挤的交通，夹在软面包间的烤肉串，一个在街头哭泣的孩子。母亲起身，拿起未织完的毛衣。她的手指不太灵活，关节病使它们都变了形。她干起活来不是很利索，同一针常常要织三遍，或常把一整排毛线都拆掉，发出一阵低沉的噼啪声。

"这是件小小的羊毛开衫。我会把它和一件白领子衣服搭配在一起。然后套上一件黑色大衣，这将是我当季的穿搭。"

她起身去开灯。

"现在天黑得很早。"

的确。彼时，夏天已经过去，秋天还没到来。温柔的天空中尚有雨燕鸣啭。

　　"你很快就会回来？"

　　"我还没走呢。你为什么要问这个问题呢？"

　　"不，我只是想说些什么。"

　　一列有轨电车经过。又一辆汽车。

　　"我真的和我父亲很像吗？"

　　"噢，你父亲和你一模一样。当然，你不认识他。他死的时候你才六个月大。但你要是留一撮小胡子的话，就更像了！"

　　他谈论起父亲时有点漫不经心。他对父亲没有任何记忆、任何感情。也许他就是个常人，和别人并没有什么两样。而且，他是满怀热情地离开的。在马恩河畔，头被开了瓢儿。双目失明，苟延残喘了一个星期。最后被镌刻在家乡的阵亡将士纪念碑上。

　　"其实，"她说，"这个结局更好。他就算能回来，也已成了瞎子或疯子。唉，可怜的人……"

　　"的确。"

　　所以，他为什么还留在这房间里呢？因为他确信，这依然是最佳选择；因为他感觉，世上一切荒诞的简单都躲藏在这间居室中。

"你会回来吗？"她说，"我知道你有工作要做。只是偶尔回来……"

但在这个时刻，我在哪里？要如何将这冷清的咖啡馆与那过去的房间分开？我已搞不清楚自己是在生活还是在回忆。灯塔的光束在那儿。而站在我面前的阿拉伯人对我说，马上就要打烊了。必须离开。我已不愿走下这道如此危险的斜坡。的确，我最后看了一眼海湾和它的灯火，发现那向我涌来的并非对更美好的白日的渴望，而是一种对一切以及我自己的冷漠，这种冷漠从容而原始。但必须打破这条过于柔软、流畅的曲线。我需要自我清醒。是的，一切都是简单的。是人类将事情复杂化了。不要再听他们讲任何故事。不要再听他们这样对死刑犯评头论足："他将还清对社会欠下的债。"而应该这么说："他们将砍掉他的头。"这看起来似乎没什么不同，但其中却有微小的差异。而且，有的人更喜欢直视自己的命运。

# 灵魂之死

我于傍晚六点抵达布拉格，立刻把行李存放到了寄存处。还有两个小时的时间来找旅馆。我觉得自己身上充斥着一种奇怪的自由感，因为那两个行李箱不再沉重地拖着我的双臂。我出了火车站，沿着几个花园，很快就走到了瓦茨拉夫大街。在这个时间段，那里人潮汹涌。我的周围有上百万个人，他们一直活在世上，但在此刻以前，他们的存在不曾和我有任何关联。他们活着。我离我所熟悉的国家有数千公里远。我听不懂他们的语言。所有人都疾速行走着。所有人都超越我，然后与我脱离。我茫然失措。

我没带多少钱，只够六天的花销。不过，熬过这段时间后，会有朋友来跟我会合。但我还是很担心这个问题。于是我开始寻找一家廉价的旅馆。我身处新城，眼前的每个人都光芒四射，欢声笑语，有成群的女人相伴。我走得更快了。我的步伐匆匆，已经有点像是在逃跑的样子。在晚上八点左右，筋疲力尽的我抵达了老城。在那里，一座外表简朴、入口狭小的旅馆吸引了我。我走进去，办好入住手续，拿到了钥匙。我住在三楼的 34 号房间。我打开房门，发现自己竟身处一间格外豪华的居室当中。我找了找标价，它比我以为的价格要贵上两倍。钱的问题变得棘手。我现在只能在这座大城市里贫穷地过活。方才还模糊不清的忧虑一下子变得清晰。我坐立不安。我感到空虚。但也有清醒的一刻：人们总是或错误或正确地把我归于对金钱最漠然的那类人。这种愚蠢的忧虑又有什么影响呢？但我的头脑已然开始运转。我需要吃饭，必须再度出发，找一家廉价的餐馆。每一餐的花费不能高于十克朗。在我所见的所有餐馆里，最便宜的那家服务态度也最差。我在门前犹豫再三。店里的人终于注意到了我的举动：必须进去了。这是一家光线有些阴暗的小餐馆，墙上装饰着风格浮夸的壁画。顾客鱼龙混杂。几个女孩坐在角落里，一边抽烟，一边低声交谈。好多个男人在吃饭，大多都分不清年龄，看不清脸色。服务生长着个大脑袋，面无表情地向我走来。他身材高大，活像个巨人，穿着件沾满油污的礼服。我迅速在看不懂的菜单上随意地指了一道菜。但似乎还需要做些解释。服务生用捷克语问我，我用我仅会的那么一点点德语回答。他不懂德语，我感到恼火。他叫来其中一个女孩，她以一种古典的姿态走上前来，左手叉腰，右手夹着香烟，脸上带着水灵灵的笑容。她坐到我的桌前，用德语问我，但我觉得她的德语水平和我一样糟糕。一切都解释清楚了。服务生想向我推销当日的特别主菜。我就是那么容易认输——接受了他的推销，点了当日的特别主菜。女孩继续跟我说话，但我再也听不懂了。当然，我还是对她连连说"是"，做出一副对她极其信服的模样。但我内心并非这么想。一切都令我恼火，我犹豫不决，我并不饿。身上总有一根针刺痛着我，肚子紧紧的。当日的特别主菜已经上桌，我开动了：一团粗粒小麦粉和肉的混合物，因加了量大到不可思议的孜然而令人作呕。但我在想其他事情，更确切地说是什么都没想，就这样凝视着面前这个女人欢笑着的油腻嘴巴。她觉得我在勾引她吗？她已经在我身旁，黏了上来。我不由自主地伸手拦住了她。（她长得很丑。我常常觉得，要是这个女孩长得漂亮，我也许就可以逃过接下来发生的一切。）在那里，处在这帮随时可能哈哈大笑的人中间，我害怕得病。我更害怕在旅馆房间里孤身一人，没有钱，也没有活力，坍缩在自我和可悲的思想中。时至今日，我还会尴尬地思忖，彼时胆小懦弱的我是如何从自我中走出来的。我行走在老城，但再也无法长时间地面对自我。我径直跑回旅馆，躺在床上，等待睡意，而睡意几乎即刻降临。

只有让我感到无聊的地方，才能让我学会一些东西。我试着用这句话让自己重新振作起来。但我还用得上描述接下来的那几天吗？我又去了那家餐馆。早晨和傍晚，我都要忍受那用孜然调味的可怕食物，它令我感到恶心。正因如此，我整天都想要吐。但我不会退缩，因为我知道，吃饭是必需的。况且，和尝试一家新餐馆所需付出的代价相比，这又算得了什么呢？至少在那里，我能"被认出来"。那里的人即使不跟我说话，也会向我微笑。另一方面，苦闷在蔓延。我在脑中思虑这根尖针，思虑得太多了。我决心好好安排我的日子，在其中给自己一些支撑。我尽可能晚起床，因为我能在床上赖多久，我的日子就会缩短多久。洗漱完毕后，我会有步骤地探索这座城市。我迷失于华丽的巴洛克式教堂，试着在那里发现一个故乡，但这场与自我的面对面却令人失望，使我在离开后更感空虚与绝望。我沿着伏尔塔瓦河漫步，河流被几道水流翻滚的水坝切割成好几部分。我在广阔的城堡区度过漫长的时光，那里冷清而寂静。在太阳西斜时分，在城堡区的大教堂和诸宫殿的阴影下，我孤独的脚步声回荡于街头。我听到这脚步声，再度被恐慌攫住。我早早地吃了晚饭，八点半就睡了。太阳使我从自我中脱离出来。教堂、宫殿和博物馆，我尝试在所见的艺术作品中缓和我的苦闷。一个经典的手段：我试图在忧郁中消解我的反抗。但徒劳无功。只要一出门，我就成了异乡人。但一旦走进城市尽头的一座巴洛克式隐修院，时间就变得温暖，钟声缓缓地鸣响，一群群鸽子从老旧的塔楼起飞，某种类似于青草与虚无的芳香使我的心头生出一片沾满了泪水的寂静，这寂静使我离解脱只有一步之遥。傍晚回到旅馆，我一口气写下了一段话——我把它原模原样地誊写到这里，因为我从它十分夸张的语调中读出了我彼时之感受的复杂性："我还想从旅行中收获什么别的好处呢？我在这里，衣衫褴褛。在这座城市里，我读不懂街头的招牌，对它奇怪的文字全然陌生，没有可以聊天的朋友，总之，没有娱乐。在这间回响着一座陌生城市的喧嚣的房间里，我清楚地知道，没有什么东西能吸引我，把我带到光线更加柔和的一座壁炉边或我所喜爱的一个场所里。我应该呼唤、呐喊吗？出现的也只会是一些陌生的面孔。教堂、黄金和乳香，一切都将我抛回一种日常生活中，在那里，我的苦闷是一切事物的基调。于是，习惯就像一道由动作和言语编织而成的舒适帷幔，被缓缓揭开，露出属于不安的那副苍白面孔。人与自己面对面：我敢说他未必会感到快乐……然而，旅行就是这样启迪他的。他与所见事物之间产生了一种巨大的不和谐。他的这颗心灵不那么坚实，世界的乐章更容易进入其中。最终在这极度的匮乏中，那棵茕茕孑立的最矮小的树变成了一幅最温柔、最脆弱的图景。艺术品和女人的微笑，戳在自己土地里的一群群男人，镌刻着历史的纪念性建筑，这就是旅行所呈现的动人而可感的风景。然后，在一天行将结束之时，在旅馆的房间里，我的内心再度形成某个空洞，就像灵魂的饥饿。"但我必须承认，这些都是我用来让自己入睡的故事。而现在我可以肯定地说，布拉格在我心中留下的是醋泡黄瓜的味道。你可以在每个街角买到它，用手指捏着吃，它那股刺鼻的酸味唤醒我的苦闷，并在我跨出旅馆门槛的那一刻使它变得愈加严重。除此之外，也许还有某首手风琴曲。就在我的窗下，一个独臂盲人坐在他的乐器上，再用一侧的臀部稳住它，用那只还健全的手演奏着。每天清晨将我唤醒的总是同一首幼稚而温柔的曲子，它将我猛然拉回让我挣扎不已的粗糙现实之中。

我依然记得，在伏尔塔瓦河畔，我忽然停下脚步。这种味道或这曲旋律攫住了我，将我抛至自我的尽头。我低声自语："这意味着什么？这意味着什么？"但毫无疑问，我尚未抵达极限。在第四天的上午十点左右，我准备外出。我想去某个犹太人公墓游览一下，前一天我没能找到它。有人在敲隔壁房间的门。静默片刻后，他又敲了一通。这次静默了许久，但显然依旧没人开门。有人迈着沉重的脚步走下了楼梯。我没怎么注意这些，脑袋空空的我正在糟蹋时间，浏览着一个已经用了一个月的剃须膏的说明书。那天天气很闷。从阴霾的天空洒下一道赤褐色的光，照在布拉格老城的各式尖顶和穹顶上。报贩们和往常的上午一样，叫嚷着"Narodni Politika"[1]。我还没从昏沉的状态中挣脱出来。但就在即将出门的那一刻，我碰见了客房服务生，他拿

---

1 捷克语，意为《国家政治报》。

着一大串钥匙。我停下脚步。他再度敲响了那扇门，敲了许久。他试着开门，没有成功。里面的门闩应该是被插上了。他又敲了几下。房间听起来空荡荡的，阴森而沉闷。我什么也不想问，就离开了。但在布拉格街头，一种悲痛的预感始终萦绕在我的脑海。我怎会忘记客房服务生笨拙的脸，还有他那双鞋头古怪上翘的漆皮皮鞋，以及外套上缺失的那颗纽扣？我终于吃上了午餐，可越来越觉得倒胃口。大约下午两点的时候，我回到了旅馆。

在旅馆大堂里，员工们正在窃窃私语。我迅速走上楼梯，好让自己更快地面对我所期待着的东西。的确如我所想。房间门半开着，以至于只能看见一面漆成蓝色的墙。但我前文提到过的那暗淡光线在这块银幕上映出一个死人和一个警察的影子。死人直躺在床上，警察看守着尸体。两个影子相交，形成一个直角。这光线令我心绪不宁。它如此真实，是一道真正的生命之光，一道午后的生命之光，让我们看清了所见之物。他死了。在房间里，孤身一人。我知道这不是自杀。我急忙回到自己的房间，蹦到自己的床上。依照影子来看，那是个矮矮胖胖的男人，就和许多别的男人一样普普通通。他可能已经死了很久。而旅馆里的生活依然如常，直到客房服务生想起来要叫他一下。他来时没有任何预感，然后孤身一人死在了那儿。与此同时，我在阅读我的剃须膏的说明书。整个下午，我都在一种难以描述的状态中度过。我直躺在床上，脑袋空空，心却出奇地紧绷。我剪指甲。我数地板上有多少道沟槽。"如果我能数到一千……"数到五十或六十，我就已崩溃了。我再也数不下去了。我听不见外面的任何声音。然而有一次在走廊里，我听见一个女人压低声音用德语说："他是那么好的一个人。"于是我格外想念我的家乡，它坐落在地中海边上；想念我心驰神往的夏日傍晚，它被绿光温柔地笼罩着，到处都是美丽动人的少女。我已经好几天没有说一句话了，我的心里充斥着呐喊与被压抑的反抗。要是有人抱我一下，我定会哭得像个小孩。下午快要过去了，疲惫不堪的我狂乱地盯着我房间门的门闩，空洞的脑袋里不断回响着一首流行的手风琴曲。那一刻，我已抵达我的极限。不再有国家，不再有城市，不再有房间，不再有名字，癫狂还是征服，受辱还是鼓舞，我将揭晓答案还是渐渐衰微？有人敲门，我的朋友们进来了。我得救了，尽管心情沮丧。我觉得当时我对他们是这样说的："再见到你们，我很高兴。"但我可以肯定，我的自白止步于此，而在他们眼中，我还是以前和他们告别时的那个人。

不久以后，我就离开了布拉格。当然，我对之后游览的地方很感兴趣。我可以写下我是在几点钟去了包岑的哥特式小墓园，那里的天竺葵闪耀着红色，清晨的天空一片湛蓝。我可以谈论西里西亚绵延不绝、肃杀而贫瘠的平原。我在黎明时分穿越这些平原。浓雾弥漫的清晨，一群鸟儿在黏腻的土地上方遮天蔽日地飞过。我也喜欢温柔而庄严的摩拉维亚，喜欢它一览无余的远景，以及两侧种满李树的道路，树上结着酸果。但我的内心深处依然感到眩晕，那是一种凝视无底洞太久的人才有的眩晕。我抵达维也纳，一个星期后又从那里启程。我一直是自我的囚徒。

然而，在我从维也纳去往威尼斯的火车上，我等待着某样东西。我就像是一个正在康复的病人，只能喝清汤，却想着吃下的第一口面包会是什么味道。一道光正在诞生。我现在明白：我已为迎接幸福的到来做好了准备。接下来我只想谈谈我在维琴察附近的一座山丘上度过的那六天。我仍在那里，或者更确切地说，我有时候会重返那边，而一切都常在一片迷迭香的香氛中回到我身边。

我进入意大利。这是一块专为我的灵魂而打造的土地，我一个接一个地辨识出表明它正在靠近的迹象。第一批铺着鳞状瓦片的房子，第一批葡萄藤攀附在被硫酸铜染成蓝色的墙壁上。第一批挂在院子里的衣物，杂乱堆放的物品，衣冠不整的男人。第一棵柏树（特别纤细，却尤为挺拔），第一棵橄榄树，覆满尘土的无花果树。在意大利小城市里绿树成荫的广场上，正午时分，鸽子们缓慢而慵懒地寻找着避暑的处所，灵魂则在那里将反抗消磨殆尽。激情渐渐化为泪水。然后，就到了维琴察。在这里，白日周而复始地自转，从黎明直至无与伦比的傍晚：前者鸡鸣声起伏；后者甜蜜而温存，柔如绸缎地藏在柏树丛后，蝉鸣不绝于耳。这种伴随着我的内在寂静，源自从这一天迈向下一天的缓慢步伐。除了这间面朝原野、摆放着古旧家具、点缀着钩织花边的房间，我还能有什么希求呢？整个天空都在我面前，至于白日那周而复始的自转，我觉得自己可以永无止境地跟随着它，与它一道待在原地旋转。我呼吸着我所能获得的唯一幸福——一种专注、友好的意识。我整天都在漫步：从那山丘下到维琴察城中，或者再往前走，走到乡村田野里。遇见的每一个人，在这条街上闻到的每一丝气味，对我而言都是我爱无止境的借口。几个监护夏令营的年轻女子，卖冰激凌的小贩们的喇叭声（他们的车子就像是一艘安装了车轮和车辕的贡多拉[1]），陈列在摊位上的水果，红瓤黑籽的西瓜、半透明且黏糊糊的葡萄——

---

1 贡多拉，威尼斯的水上交通工具，一种船身纤细的尖头船。

这一切对不愿再孤身一人者[1]而言皆为倚靠。而那尖锐却温柔的蝉鸣，那邂近于九月夜晚的水与星辰的香气，那乳香黄连木和芦苇间的芬芳小径——这一切对被迫孤身一人者[2]而言则都是爱的迹象。白日就这样过去。在历经耀眼阳光的眩晕时辰之后，傍晚降临在由金色夕阳装点而成的华丽布景中，降临在柏树织就的黑暗里。那时我便行走于公路上，向着远处传来的蝉鸣进发。

我走着走着，知了们接连放低了歌声，然后闭上了嘴。身负那么多绚烂的美景，我只得放慢行进的脚步。在我身后，知了们又接连提高了嗓门，重新开始歌唱：在那洒落冷漠与美的天空中，竟高悬着这样一个谜。借着当天的最后一缕阳光，我看见一栋别墅的门楣上写着："In magnificentia naturae, resurgit spriritus.[3]" 我该止步于此。第一颗星星已然升起。随后，对面的山丘上亮起三处灯火。夜晚突

---

1  也就是所有人。——作者注
2  也就是所有人。——作者注
3  拉丁语，意为"在大自然的壮丽中，灵魂重生"。

然间悄无声息地降临。一阵微风在我身后的灌木丛中低语。白日溜走了，留给我它的温存。

当然，我没有变。只不过，我不再是孤身一人。在布拉格，我被墙壁围困着，快要窒息。在这里，我伫立于世界面前，并把自己投射到四周，让宇宙充斥着与我相似的形体。因为我还不曾谈论过太阳。我的童年在贫困中度过，为了理解自己对那贫困世界的眷恋与喜爱，我花费了许久的时间。同样，直到现在我才看清太阳以及曾目睹我出生的故乡所给予我的教诲。快到中午的时候，我出门前往一个我熟悉的地点，从那里可以俯瞰维琴察广袤的平原。太阳几乎升到了天顶，湛蓝的天空万里无云。阳光从天空洒落，沿着山丘的斜坡向下翻滚，为柏树和橄榄树、白房子和红屋顶换上温暖的裙装，然后消散在被晒得热气腾腾的平原上。而我每次都有种相同的匮乏感。那个矮矮胖胖横躺着的身影依旧在我脑海中挥之不去。在这些阳光明媚、尘土飞扬的平原中，在这些遍布焦草伤疤的光秃山丘上，我用手指感触到的，正是我心中对虚无的喜好，它在这里以一种不加修饰、朴实无华的形式现身。这片土地将我带回自己的内心，让我直面内心隐秘的苦闷。这是我在布拉格感受到的苦闷，但它又不是。该如何解释？的确，与其他地方相比，在这树木繁茂、阳光明媚、笑意盈盈的意大利平原面前，我对一个月来一直与我如影随形的死亡和非人气息理解得更为透彻了。是的，这种洋溢在我身上的没有眼泪的充盈和没有欢乐的平静，这一切都只源于一种对我不喜爱之物的清晰意识：一种弃绝和一种疏离。就像知道自己将死的男人不会对他妻子的命运感兴趣，除非是在小说中。他履行了做人的使命，即自私自利，也就是说——绝望。对我而言，这片土地没有任何永生的承诺。假如没有眼睛来欣赏维琴察，没有手来触碰维琴察的葡萄，没有皮肤来感受从贝里科山通往瓦尔马拉纳别墅的公路上夜色的温柔，那么，在灵魂中重生对我而言又有什么意义？

是的，这一切都是真实的。但与此同时，与阳光一道进入我心中的还有某样我难以言表的东西。在这极端意识的极点上，一切都交会在一起，而我的生命在我看来就像是一个整体，它要么被拒绝，要么被接受。我需要一种伟大。当我内心的绝望和潜藏于世上最美风景中的冷漠互相交锋时，我便能找到这种伟大。我从中汲取力量，使自己既勇敢又清醒。对我而言，这就已经足够，因为这是件多么困难、多么让人左右为难的事。但也许，我已经把当时切身感受到的东西夸大了。此外，我经常回忆起布拉格，回忆起曾在那里度过的乏味日子。我与我的城市重逢。只不过，黄瓜与醋的酸味有时会唤醒我的不安。在这时，我必须想起维琴察。但两者对我而言都弥足珍贵，而且我很难将我对光明和生活的爱与我对上述绝望经历的眷恋区分开来。这一点已经很明白了，而我，不愿下决心去选择。在阿尔及尔的郊区，有一座小公墓，它的门是用黑铁做的。如果你走到尽头，会有一座山谷映入眼帘，海湾则在远处。在这件随着大海叹息的祭品面前，你可以做很长的梦。但当你重拾脚步时，你会在一座废弃的坟墓上发现一块牌子，上面写着"永恒的遗憾"。幸运的是，还有理想主义者来整饬这些事。

# 对生活的爱

帕尔马之夜，生活向着市场后面欢歌阵阵的咖啡馆街区缓缓涌去：一条条黑黢黢的街道寂静无声，直到抵达几扇百叶门前，才会有光线和音乐渗漏而出。我在其中一家咖啡馆里度过了将近一个夜晚。那是一间特别低矮的小小厅室，呈长方形，墙壁刷成绿色，饰有粉色花环。木制天花板上覆满红色的迷你灯泡。这方小小的空间里奇迹般地塞进了一个管弦乐队、一个陈列着五颜六色的酒瓶的吧台，以及摩肩接踵、快要挤死了的顾客。全是男人。中央有一块两平方米大小的空地，一杯杯、一瓶瓶的酒从那里端出，被服务生送至厅室的各个角落。在这里，没有一个人是清醒的。所有人都在大喊大叫。一个像是海军军官的人朝我的脸上喷着酒气，说着客套话。在我的桌上，一个看不出多大年纪的侏儒向我讲述着他的生活。但我太过紧张，没能听清他在说什么。管弦乐队不停地演奏着几首乐曲，但我们只能听清楚乐曲的节奏，因为所有人都在用脚打着节拍。有时候，后门开了。在各种喊叫声的簇拥下，一个新来的顾客被塞进两把椅子之间。[1]

　　突然一记钹响，一个女人猛地跳入咖啡馆中央那个狭小的圆圈。"二十一岁。"海军军官跟我说。我惊愕不已。一张少女的脸庞，却雕刻在一座用肉堆成的山峦中。这个女人的身高可能有一米八。骇人的是，她可能重达三百斤。她笑意盈盈，双手叉在腰间，身着黄色渔网衣，白皙的肉体在网眼中拱起一个个方格；两处嘴角都在向耳朵传递一道道微小的肉浪。在这厅室里，兴奋不再有边际。可以感觉到，大家都熟知、爱慕、期待着这个女孩。她总是笑意盈盈。她用余光扫视一圈顾客，依旧沉默且

---

1　在真正的文明中，人在享乐时会有一种自在的感觉。而西班牙民族是欧洲为数不多的文明民族之一。——作者注

笑意盈盈，挺着的肚子微微起伏。观众尖叫起来，要求她唱一首似乎很有名的歌曲。那是一首安达卢西亚歌曲，带着鼻音，乐鼓每隔三拍便低沉地打一次节奏。她唱起歌来，随节拍舞动身体，模仿爱的模样。伴随着这单调却激情满怀的摇摆，一波波真正的肉浪涌起于她的腰间，扑向她的肩部，然后消散在那里。厅室似乎快被压垮了。然而，在唱到副歌的时候，少女旋转着身体，双手抓住乳房，张开红艳而潮湿的嘴巴，重拾起旋律，与观众合唱，直至所有人都在骚动中站起身来。

她站在中央，挺着那鼓胀于黄色渔网衣间的粗腰，大汗淋漓，头发蓬乱。她就像是一位刚出水的污秽女神，笨拙地低着额头，双眼空洞。只有从像参加完赛马比赛后的马匹那般颤抖的膝盖，才能看出她还活着。观众跺着脚，她身处这欢乐氛围的中央，仿佛一幅肮脏不堪却使人兴奋的生活画像，空洞的眼睛里满是绝望，肚子上包裹着厚厚的一层汗水……

没有咖啡馆和报纸，旅行会很艰难。一张印有母语的报纸，一个可以在每天晚上试着结识些伙伴的地方，它们可以让我们以习以为常的姿态模仿在故乡时的样子，摆脱在遥远异乡时的陌生模样。因为旅行的代价就是恐惧。旅行打碎我们内心的布景。再也不可能弄虚作假——戴上假面，躲在办公室与工地的工作时间之外（我们强烈抗议冗长的工作时间，可它也是我们在对抗孤身一人的痛苦时的可靠保障）。正因如此，我一直乐于写一些小说，里面的主人公会这么说："如果没有在办公室的时间，我会做些什么？"或者这么说："我的妻子死了，但幸运的是，明天我还有一大堆包裹要寄，有好多邮单要填写。"旅行从我们身上夺走了这一庇护所。远离亲朋好友和母语，脱离了一切倚靠，夺去了假面（他竟然不知道有轨电车的票价，对其他的一切也都一无所知），我们全然暴露于自我的表面。但与此同时，自觉灵魂抱恙的我们也会为每个生命、每件物品赋予奇迹般的价值。一个什么也不想的舞女，从帘子后瞥见的桌子上的一瓶酒：每幅画面都化为一个符号。我们觉得，只要我们此刻的生活都浓缩在符号中，那么全部的生活也都映照在其中。能感受到一切馈赠的我们，又怎能描绘我们所能品味到的各种互相矛盾的醉意（甚至包括清醒的醉意）呢？除了地中海，也许没有任何一片土地曾将我带至离自我如此遥远又如此接近的地方。

也许，我在帕尔马那家咖啡馆时的激动情绪便由此而来。但中午在冷清的大教堂街区，在带有凉爽庭院的老旧殿堂间，在弥漫着阴影气味的街头，打动我的反倒是某种缓慢的观念。这些街道上空无一人。几个老妇人一动不动地待在屋顶的观景台上。我沿着房屋行走，驻足在栽满绿植、立满灰色圆柱的庭院里。我融入这寂静的气味，丢失了自己的界限，只剩还在作响的脚步声，还有那群鸟，我可以瞥见它们的影子映在依然洒有阳光的墙壁顶端。我在圣方济各隐修院度过好多个时辰，那是一座小小的哥特式建筑。它精美、高贵的立柱闪耀着华美的金黄色光泽，这也是西班牙古迹普遍的特征。庭院里栽种着夹竹桃和秘鲁胡椒木，还有一口围着熟铁栏杆的井，井里悬挂着一把生锈了的金属匙，路人可以用它取水喝。有时候，我依旧会想起它掉到井底石头上时发出的清脆声响。然而，这座隐修院教会我的并不是生活的温暖。在鸽群嘶哑的振翅声中，在突然蜷缩于花园中央的寂静中，在水井链条发出的孤独声响中，我与一种崭新却又熟悉的味道重逢。在这独一无二的表象游戏面前，我头脑清醒，面带笑意。在我看来，这块映着世界笑脸的水晶似乎只消一个动作就会被打碎。某种东西将不复存在，鸽群将死去，每一只鸽子都会展开翅膀缓缓坠落。这一切都那么像一个幻象，只有我的沉默和静止让它变得合乎情理。我进入游戏中。我屈服于表象，却不为它所骗。一束美丽的金色阳光温柔地烤热隐修院黄色的砖石。一个女人正从井里取水。一个小时以后，一分钟以后，一秒钟以后，或许就在当下，一切都可能崩塌。然而，奇迹继续发生。世界依然持续地存在，害羞地、讽刺地、隐蔽地存在（就像女性之间某种温柔、含蓄的友谊）。一种平衡继续维持着，但因对其自身结局的担忧而染上了颜色。

　　这便是我对生活的爱：一种对我可能即将失去

的东西的无声迷恋，一种火焰中的苦涩。每天离开这座隐修院的时候，我就像被剥夺了自我，在世界绵延的时间中仅停留了短暂的一瞬。而如今我很清楚地知道，当时的我为何会想起多利安人铸造的阿波罗像那空洞无神的眼睛，以及乔托[1]画笔下那些炽热却凝固的人物。[2]正是在那一刻，我真正理解了这样类型的国度所能带给我的影响。我惊叹于人们竟能在地中海沿岸找到生活的规则和确定性，使自己的理性得到满足，并证明了一种乐观主义和社会意识。因为说到底，那时给我留下深刻印象的并不是一个按照人类的尺寸打造而成的世界，而是一个在人类身上开合的世界。不，如果说这些国度的语言与回响在我内心深处的声音相通，那不是因为它能回答我的疑问，而是因为它可以将这些疑问变得无用。涌到我嘴边的不会是感恩祷词，而是只会诞生

---

1 乔托（Giotto，1267—1337），意大利文艺复兴初期画家、雕塑家、建筑师，其宗教画的画面具有逼真的三维空间和浓厚的生活气息，将西方艺术带入写实的道路。

2 古希腊雕塑和意大利艺术的衰落都始于笑容和眼神的出现。仿佛精神的开始就意味着美的结束。——作者注

在被烈日压垮的景致前的这声 Nada[1]。若无对生活的绝望，就无对生活的爱恋。

在伊维萨岛，我每天都坐在港口沿岸的咖啡馆里。将近下午五点钟的时候，当地的年轻人会排成两列，沿着海堤散步。那里是举行婚礼的地方，也是整个生活发生的地方。你会不由得认为，用这样的方式在世界面前开启生活，其中必有一种伟大。我坐下来，依然因白天的烈日而晕晕乎乎，脑中充斥着白色的教堂和白垩色的墙、干旱的田野和枝繁叶茂的橄榄树。我喝了一杯甜腻的巴旦杏仁糖浆。我凝望着面前群山的轮廓。它们向大海缓缓地倾斜。傍晚变成了绿色。在最高的那座山丘上，最后一缕微风推动磨坊的风车旋转起来。拜自然所赐，每个人都压低了嗓音。于是，只剩天空和几缕向它飞升的歌声，但这歌声听起来仿佛来自遥远的地方。短暂的黄昏被某种转瞬即逝的、忧郁的东西所主宰，能感受到这东西的不只有一个人，而是一整群人。

---

1　西班牙语，既有"没什么""没关系"的意思，又有"虚无"之意。

至于我，我渴望去爱，正如我渴望哭泣。我觉得从此以后，每一段在睡梦中度过的时光都将是从生命中偷走的……也就是说，是从无目的的欲念时光中偷走的时间。就像在帕尔马咖啡馆和圣方济各隐修院的那些激动时刻一样，我静止而紧绷，无力对抗这种想要将世界置于我手中的巨大冲动。

我很清楚自己错了，因为人是必须为自己设定些界限的。只有以此为前提，人才能创造。但爱没有界限；如果我能拥抱一切，那么即使我拥抱得很糟糕，也没有什么关系。在热那亚，我曾爱上几个女人的笑容，爱了整整一个上午。我不会再见到她们了；当然，再简单不过了。但言语无法掩盖我遗憾的火焰。在圣方济各隐修院那口小小的水井前，我望着鸽群从上方飞过，于是忘了自己的干渴。但干渴重生的那一刻总会到来。

# 反与正

这是个古怪而孤独的女人。她频繁地与神明们打交道，站在他们那一边帮他们争吵，并拒绝见自己家中的某些成员——他们在她藏身的那个世界里名声不佳。

一小笔遗产从她姐姐那儿落到她头上。在她的暮年才姗姗来迟的这五千法郎，数目显得有些巨大。必须把它拿来投资。尽管几乎每个人都有驾驭大额财富的能力，但在处理小额财富的时候，困难就显现了。这个女人忠于自己。她自知命不久矣，想要找个地方掩埋自己这把老骨头。一个绝佳的机会呈现在她眼前。在她那座城市的公墓里，有一块土地的转让权刚刚到期，而原来的所有者在这块土地上建有一座豪华的墓穴，外观朴素得体，材质用的是黑色大理石，总之就是一个名副其实的宝藏，以四千法郎的价格出售。她买下了这座墓穴。这才是一笔安全的投资，不受股票涨跌和政治风波的影响。她整饬好墓穴的内室，使它随时可以接收自己的遗体。一切都完成后，她让人用金色的大写字体刻上自己的名字。

　　这笔买卖让她心满意足，以至于让她对自己的坟墓燃起了一股真正的爱意。起初，她只是来看看工程的进度。可后来，她每个礼拜天的下午都要来参观一次。这成了她唯一的外出活动，也是她唯一的消遣。下午将近两点钟的时候，她长途跋涉来到城门边，公墓就坐落在那里。她走进那座小墓穴中，小心地关上门，跪在祷告台上。就这样，与自己面对面，看着当下的自己与将来的自己在身前交织碰撞，找回依旧断裂的锁链中缺失的一环，她毫不费力地洞悉了上帝隐秘的旨意。有一天，她甚至从一个奇怪的符号中领悟到，自己在世人眼中已经死了。在诸圣瞻礼节[1] 那天，她到得比往常晚，发现门口虔

---

1　诸圣瞻礼节（Toussaint），天主教节日，即每年的 11 月 1 日。

诚地铺满了紫罗兰。生性敏感的她发现，一些好心的陌生人看见这座坟墓前没有花，于是献上了自己的花，以缅怀这位被世人遗弃、孤身一人的死者。

如今我又回想起这些事情。窗外的这座花园，我只能看到它的外墙，以及几丛被阳光穿透的叶簇。更高处，依旧是叶簇。再高一点，是太阳。然而，尽管外边的氛围如此热闹，快乐在全世界蔓延，我却只能看到枝叶的影子在我白色的窗帘上摇摆。还有五束阳光，将干草的芬芳耐心地注入我的房间。微风徐来，影子在窗帘上跳动。要是有云彩飘过，盖住了太阳然后又揭开，那么影子中便会显露出花瓶里金合欢花的黄色光泽。这就足够了：当一缕微光闪现，我就会满怀朦胧不清、令人眩晕的喜悦。那是一月的一个下午，我就这样面对这世界的反面。但寒冷依旧深藏于空气中。到处都洒落着胶片般的阳光，只要你伸手一捏，它就会咔嚓破裂，但它也给万物送上了一个永恒的微笑。我是谁？我能做些什么？只能进入这光与叶的游戏。化作香烟燃尽时的这束光，化作这种甜蜜和这种在空气中呼吸的隐秘激情。如果我试着触及我自己，那一定是在这光的深处。而如果我试着理解和品尝这显露出世界秘密的微妙味道，那我在世界深处找到的定是我自己。我自己，换言之就是这种将我从周遭解放出来的极致激情。

刚才我讲述的是其他事情——人，以及他们买下的坟墓。但请让我将这一分钟从时间之布上裁下。有人在书页间留下一朵花，藏下一次曾被爱情照拂的漫步。而我，我也漫步，但照拂我的是一个神明。生命短暂，挥霍时间是一种罪过。人们说，我是个行动者。但作为行动者，只要迷失方向，那就是在挥霍时间。今天是一场暂歇，我的心要离开我，去与它自己相会。如果依旧有一种苦闷紧扼着我，那一定是感觉到这不可触知的瞬间像水银珠一样从我指尖溜走。所以，抛下那些想要背对世界的人吧。我不抱怨，因为我看着自己出生。此时此刻，我的整个王国都从属于这世界。这太阳和这些影子，这热浪和这来自空气深处的寒冷：既然一切都书写在这窗户上，而天空经此窗户将其充盈的一切倾倒入我的室内，来与我的怜悯相会，那么我还会思忖是否有东西正在死去，人们是否在受苦吗？我会说，而且我立刻就会说，重要的是人道与单纯。不，重要的是真实，然后一切都会铭刻在上面，包括人道和单纯。所以，我在什么时候能比我即世界的那一刻更加真实？我在欲念产生之前就已得到满足。永恒就在那儿，而我盼望着它。现在，我所期盼的不再是成为幸福的人，而仅仅是成为清醒的人。

一个人在静观，而另一个人在挖掘自己的坟墓。如何区分他们？如何区分人及其荒诞？但这里还有天空的微笑。光芒日渐膨胀，夏天快到了？但这里还有我必须去爱的人的眼睛和声音。我以我全部的姿态热爱这世界，我以我全部的怜悯和感激热爱人类。在世界的正与反之间，我不想做选择，也不喜欢别人做选择。人们不希望有人能保持清醒且讥讽的态度。他们说："这表明您并不善良。"我看不出两者之间有什么关系。当然，要是我听见有人被称为非道德主义者，那么我的理解是他需要给自己定下一套道德准则；要是我听见有人称自己鄙视智慧，那么我的理解是他无法忍受自己的疑惑。但这是因为我不喜欢人们弄虚作假。伟大的勇气是在面对光明时依旧能像面对死亡时那样睁大双眼。此外，该如何描述这条绳索呢——它从对生活贪婪的爱，通向那隐秘的绝望。如果我倾听蜷缩于事物深处的讥讽[1]，那么这讥讽就会慢慢现形，眨着它明亮的小眼睛说："请这样生活，就像……"尽管做了很多研究，但这些是我全部的学问。

毕竟，我不确定自己是否正确。但当我想起那个女人的故事时，对错就不再是关键。她快要死去，而在她一息尚存的时候，她女儿就已为她装裹。装裹似乎趁四肢尚未僵硬时更为容易。但我们在匆忙的人群中生活，这仍然是件奇怪的事。

---

1 巴雷斯所说的"自由之保障"。——作者注

# 婚礼集

*Noces*

刽子手用一根丝绳绞死红衣主教卡拉法，

绳子断了：不得不重复两次。

红衣主教看着刽子手，一言未发。


——司汤达《帕利亚诺公爵夫人》

# 编者按

这几篇随笔的原稿写作于 1936 年和 1937 年，1938 年经编辑加工后在阿尔及利亚仅少量出版。此新版本只将旧版本复制重印，未做修订，尽管作者始终将它们视作准确和限定意义上的随笔。

# 提帕萨[1]的婚礼

　　春天的提帕萨是众神的居所，祂们在阳光中交谈，在苦艾的气味里，在披着银甲的大海上，在一尘未染的湛蓝天空中，在覆满鲜花的废墟中，在石堆间蒸腾的光亮里。某些时辰，原野被阳光晒黑了。眼睛什么都捕捉不到，除了睫毛边缘颤动的几滴光亮与色彩。芳香植物散发出浓烈的气味，刮擦着喉咙，让人窒息于滚滚热浪中。远方的尽头是舍努阿山，我只能隐约看见黑黑的一团。它扎根于村庄四周的丘陵，以稳定而沉重的节奏摇摆着，跑去蹲在大海里。

---

1　提帕萨（Tipasa），阿尔及利亚的海滨城镇，1982年被联合国教科文组织列入《世界遗产名录》。

我们经过一座面朝海湾的村庄，抵达这里。我们进入了一个黄色与蓝色的世界，迎面而来的是阿尔及利亚大地上的夏日气息，芬芳扑鼻。到处都是攀缘着高出宅邸墙垣的粉红色的三角梅；墙内的花园里则开着淡红色的木槿花，还有一大团香水月季，茂密得像一抹浓厚的香脂，以及高高地长在边缘的蓝鸢尾。石头全都热乎乎的。我们从毛茛黄色[1]的巴士下来时，正赶上肉贩们在晨贩，他们坐着红车子到处流转，喇叭里传出阵阵铃声，呼唤着当地居民。

　　在码头的左边，一道干垒石梯在乳香黄连木和金雀花的簇拥下通向废墟。道路从一座矮小的灯塔前经过，然后一头扎进广阔的原野。就在这座灯塔脚下，长出了一些多肉植物，它们开着紫色、黄色、红色的花，朝海边的岩石而去，大海吮吸着这些岩石，发出亲吻的声音。我们站立于微风中，头顶的太阳只能暴晒到我们一侧的脸庞；我们注视着阳光从天空洒下，大海没有一丝皱纹，它晶莹发亮的齿

---

1　毛茛黄色是一种近似橙色的黄色。

间露出微笑。在进入废墟王国之前，我们最后一次充当旁观者。

　　走了几步路，苦艾的气味扼住了我们的喉咙。它那灰色的茸毛覆在废墟上，一望无际。它的汁液在热浪下发酵，一杯琼浆从大地上升腾而起，攀上这世界的辽阔疆域，直抵太阳，天空为之醉态酩酊。我们向着爱与欲望进发。我们不寻求教训，也不寻求人们向伟大求索的那种苦涩哲学。在我们的眼里，除了阳光、吻和野性四溢的香水，一切都是那么微不足道。至于我，我不想在此矗立。过去，我常和那些我爱的人来这里，我能从他们的脸庞轮廓读出灿烂的微笑，那是由爱而生的微笑。在这里，我把秩序与分寸让给他人。完完全全地占据我的，是自然与大海的放荡不羁。在这场废墟与春天的婚礼中，废墟变回石头，失去了人类强加给它的光泽，回归了自然。为了这群回头的浪女，大自然慷慨地献上鲜花。在集会场的石板间，天芥菜探出浑圆的白头，红色的老鹳草将自己的血液倾倒在那曾是宅邸、神庙和公共场所的地方。正如丰富的学识将人们引回对上帝的信仰，漫长的岁月也将这片废墟复原为大自然母亲的宅邸。如今，它的过往终于弃它而去，一股深沉的力量将它带入倾颓之物的中心，没有什么可以让它从中抽离。

揉捏苦艾，抚摸废墟，试着让自己的呼吸节奏跟上世界那纷乱的叹息，多少岁月在此间流逝！我深陷于野性四溢的气味和昆虫们令人昏沉的音乐会，我张开双眼、敞开心扉，面前是被热浪填满的天空，我欣赏着这难以承受的壮丽。要想进入当下的状态，找回内心的节拍，并不是件容易的事。但目视着舍努阿山结实的脊梁，我的内心平静下来，一种奇怪的确定感蔓延开来。我学习呼吸，我融入其中，我实现着自我。我爬上山丘，一座接一座，每座都为我准备了奖赏。譬如这座神庙，这神庙的柱子计量着日升日落，从那里能看见整个村庄，看见村里白色与粉色的墙，以及绿色的游廊。又譬如东丘上的这座圣殿，它的墙体依旧完好，周围很大一圈范围内整齐地排列着一些被发掘出来的石棺，其中的大部分刚刚出土，还带着泥。它们曾装载着逝者，但现在，那里长出了鼠尾草和桂竹香。这座名为圣萨尔萨的圣殿是基督教堂，可每当我们透过窗洞向外望去，朝我们飘来的都是尘世的旋律：栽满了松柏的山坡，或是二十多米外翻卷着一只只白犬的大海。圣萨尔萨教堂所在的山丘的顶端是平的，从廊柱间穿堂而过的风也就更加强劲。旭日下，这方空间里弥漫着一股强烈的幸福感。

那些需要神话的人是多么贫乏。在此地，众神不过是供人休憩的床铺，或是日复一日奔波中的路标。我描绘，我述说："这是红色，这是蓝色，这是绿色。这是海，这是山，这是花。"要讲述我那喜欢将乳香木果实放在鼻子下挤碎的爱好，何必非得谈及狄俄尼索斯[1]？我天马行空地想到的这首古老颂歌，也恰好是献给得墨忒耳[2]的："活在凡间却又

---

1  狄俄尼索斯，古希腊神话中的酒神。在古代地中海文化中，与狄俄尼索斯相关的祭祀和庆典常涉及自然元素，其中就有乳香树。乳香树果实的芳香可以增加仪式氛围，帮助人们进入一种感官陶醉的状态，这与狄俄尼索斯仪式中追求的精神解放非常契合。
2  得墨忒耳，古希腊神话中的谷神。

看见过这些事物的人是幸福的。"[1] 看见，而且是在
这凡间看见，叫人如何忘得了这神迹？施行厄琉息
斯秘仪[2]，只需静观即可。也是在此地，我明白自己
无论怎样接近这尘世，都是不够的。我必须赤身裸
体，然后跳进海里，周身依然包裹着大地精华的芳
香。我在海里洗涤这精华，大地与海洋在我的皮肤
上嘴对嘴，紧紧地相拥、交欢，对于这一刻，它们
渴望已久。入水后，首先袭来的是一阵寒战，一团
寒冷且浑浊的胶状的水没过头顶，然后耳朵嗡嗡作
响，流鼻涕，口里泛起苦涩——这便是游泳，涂了
一层水釉的臂膀跃出海面，在太阳下金光闪闪，又
在全部肌肉的拧扭下向下砸去；水从我的身体上流
过，我的双腿胡乱地掌控着波浪，以及，天际线不
见了。上岸后，把自己埋入沙中，任由这世界支配，
骨肉恢复了重力；被阳光晒得昏昏欲睡，眼睛盯着

---

1　引自《荷马致得墨忒耳的颂歌》（*Hymne homérique à Déméter*）
　　第 480 行。
2　厄琉息斯秘仪，古希腊时期雅典西部厄琉息斯一个崇拜得墨忒耳
　　及其女儿珀耳塞福涅的秘密教派的入会仪式，信徒认为它是与神
　　沟通的重要渠道。

自己的臂膀，愈加遥远；臂膀上的水向下滑，在干燥的皮肤上形成一个个坑洼，坑洼里冒出金黄色的体毛以及盐末。

我，在这里理解了人们称为"荣耀"的东西——无拘无束地去爱。这世上只有一种爱情。紧紧拥住女人的躯体，同时也意味着将那从天空降至大海的奇异欢乐系于自身。方才，当我将要投身于苦艾丛中，任凭其芳香沁润我的身体时，我应当撇开一切成见，意识到自己正在完成一个真理——它关乎太阳，同时也关乎我的死亡。从某种意义上来讲，在这里，我正拿自己的生命做赌注，那是带着炽热石头味道的生命，满是大海和正开始吟唱的知了的叹息。凉爽的微风拂过，天空一片湛蓝。我毫无保留地热爱这样的生命，想要自由地谈论它：它给予我做人的骄傲。可是，人们却常常跟我说：没有什么值得骄傲的。他们错了，这里有值得骄傲的东西：这太阳，这大海，我年轻易动的心，我咸涩的盐渍身躯，以及这广阔无边的布景，温柔与荣耀在这片黄色与蓝色中相遇。我的力量和才智应该用在征服这里的一切之上，它们让我变得完美无瑕，我无须舍弃自己的任何一部分，也不用穿戴任何假面；我只需耐心学习"生活"这门难以掌握的科学，它的价值抵过所有的人情世故。

将近正午的时候，我们经由废墟返回，来到码头边的一家小咖啡馆。太阳与斑斓的色彩就像铜钹般在脑袋里回响，这时，一间布满阴影的厅室和一杯冰镇的留兰香茶摆在面前，那该是一番多么凉爽的欢迎场面！咖啡馆外，是大海和飞扬着炽热尘土的公路。坐在桌前，我试着在我不停打架的上下眼皮间捕捉白热天空洒下的多彩眩光。满脸是汗，身体却凉爽地荫蔽于薄衣之中，我们都在炫耀自己的疲态——幸福的疲态，在这个与世界新婚的日子。

这家咖啡馆的菜肴并不可口，但能吃到许多水果，尤其是桃子，咬上一口，汁液便一直溅流到下巴上。当牙齿在桃子上咬合，我听见自己澎湃的血液一股股地涌上耳朵，我用双眼出神地看着。海上，是午间寥廓的寂静。美的事物自然都以自身的美为傲，而今天的世界任由它的美自四面八方渗出，恣意流淌。我知道，不该把一切都归于活着的快乐，可在这样的世界面前，我为何要否认活着的快乐？快乐并非什么羞耻的事。但如今，愚者称王——我把害怕享乐之人称为愚者。有些人曾不厌其烦地跟我们论及骄傲："你们可知，那是撒旦的罪孽。""不要相信它，"他们宣称，"你们会迷失其中，失去生命力。"事实上，从那时起，我懂得了某种骄傲……可在另一些时候，我无法阻止自己以活着为傲，那种骄傲是全世界一同给予我的。在提帕萨，我见即我信，我不固执于否认那些手可以抚摸、嘴唇能够亲吻的东西。我感受不到将这些东西制成艺术品的需要。相反，我需要的是讲述，这是不同的。在我看来，提帕萨与为了迂回地阐明某个关于世界的观点而被创造的人物形象有几分相似。和这些人物一样，提帕萨见证着，而且是雄浑有力地见证着。它在今日成了我笔下的人物，我觉得我会沉湎于爱抚它、描绘它，继而长醉不醒。有的时间用来生活，有的时间则用以为生活做见证。另外还有一些时间，是用来创造的，这与自然相悖。我只需以全身生活，以全心见证即可。感受提帕萨，见证生命，艺术作品就会随之而来。那是一种自由的状态。

在提帕萨，我从未停留超过一日。看着同一片景致，人总有一天会厌倦，尽管在厌倦之前还会过上好长一段时间。山峦、天空、海洋，它们就像一张张脸庞，我们或觉得枯槁异常，或觉得光彩照人，这取决于我们是轻轻一瞥，还是长久地凝视。但每张脸庞，为了显得更能打动人，都须经历某种更新。人们常抱怨厌倦来得太快，其实我们应当赞叹，世界之所以在我们眼中显得新奇，仅仅是因为它曾被遗忘。

将近傍晚时分，我回到公园里一块较为整洁的地方，那里被整饬成了花园，就在国道旁。告别了芳香与日光的喧嚣，在傍晚凉爽的空气中，精神便安定下来，放松的身体品尝着内心的寂静，因为爱情已得到满足。我坐在长凳上。我看着田野随着白日的消逝而扩张开来。我心满意足。在我头顶，一棵石榴树垂下一朵朵花蕾，紧闭着，且有棱有角，仿若一个个握紧的小拳头，包藏着春天的一切希望。我身后长着些迷迭香，仅仅透过散发的酒香我就能感知到它的存在。群山被树木簇拥着，更远处，大海像是一道窄窄的镶边，再往上就是天空了，像艘抛锚的帆船，温柔地停泊在海面上。我的内心升起一阵莫名的欢乐，它源自我无愧的良知。当演员觉得自己将角色扮演得惟妙惟肖时，他们的内心会有一种感觉，或者更确切地说，当演员觉得自己的每一个动作都与理想中人物的动作相贴合，从某种程度而言就像进入了一幅预先绘制好的画作，然后他们突然间让画作活了过来，赋予画作他们自己的心跳时，他们的内心便会有这种感觉。确切而言，这也正是我所感觉到的：我演好了我的角色。我做好了作为人的本职工作，对我而言，一整天里都体验到欢乐并非什么了不起的成就，很多时候这只是完成了一个任务，把欢乐当成义务。于是，我们又一次感到孤独，但这次，是心满意足的孤独。

现在，树上栖满了鸟儿。大地在没入黑暗前缓缓地叹着气。片刻以后，随着第一颗星星的升起，夜幕将降临于世界舞台。日间光辉夺目的众神也将回到祂们每日的例行死亡中去。但另一些神明会降临，而祂们饱受摧残的脸庞诞生于大地深处，也就更加阴暗。

但至少现在，不停绽放于沙滩的浪花，穿越飞舞着金色花粉的整整一方空间，来到我身边。海洋、田野、寂静，还有这块土地的香气，我啜饮芬芳的生活，我在世界的金色果实上咬了一口，因感觉到它香甜浓郁的汁液沿着我的嘴唇流淌而惊慌失措。不，重要的不是我，也不是世界，而只能是由世界传向我，从而让爱情发生的和谐与寂静。这份爱情，我并不想自私地只为我一人求索，而是自觉且骄傲地与整个种族分享；这种族诞生于太阳与海洋，生机勃勃且饶有趣味，从朴素中汲取伟大，挺立于海滩，向绽放于他们天空的灿烂笑容回以会心一笑。

# 贾米拉 [1] 的风

世间有些地方，在那里，精神死去是为了诞生一个恰好是来否定它的真理。我到贾米拉时，那里刮着风，阳光灿烂，可那是另一个故事了。首先应当说说的，是那边笼罩着的大片寂静，沉重且无罅隙，有点儿像天平的平衡状态。鸟鸣声，三孔笛沉闷的乐声，山羊们的脚步声，从天空传来的喧嚣声，此类杂音愈加衬托了此处的寂静与荒凉。由近及远，一声清脆的咔嗒，一阵锐利的尖叫，那是藏在石间的鸟儿起飞的标记。绵延不绝的道路、宅邸残骸间的小径、闪亮的圆柱下宽阔的石板路、位处凯旋门

---

1  贾米拉（Djémila），阿尔及利亚塞提夫省的一处古罗马城市遗迹，1982 年被联合国教科文组织列入《世界遗产名录》。

和山丘神庙之间的大集会场，它们每一个都通向围绕在贾米拉四周的沟渠，就像是在无尽天空下摊开的一沓纸牌。人们可以站在那儿，全神贯注，面对着石头和寂静，任凭白日流逝，山峦长高变成了紫色。但风依旧吹拂过贾米拉高原。太阳将光线掺入废墟，风与太阳杂糅成一团。在这一团混乱中，在这座死城的孤独与寂静里，某样东西被锻造出来，给予人类衡量自身身份的尺度。

去贾米拉要花费很多时间。它不是一座人们可以暂歇，然后继续出发的城市。它不通往任何地方，不向任何地方开放。它是一个去了就要回来的地方。这座死城坐落于一条盘山公路的终点，似乎每个拐弯处都能通向它，这让本就漫长的盘山公路显得更长了。终于，贾米拉泛黄的骨架像座骸骨森林般出现在一座褪了色的高原上，深陷于高大的群山间。此时的贾米拉不愧为这节爱与耐心课程的象征，只有它可以将我们引至世界跳动的心脏。就在那儿，几棵树和几簇枯草间，贾米拉用尽周身的所有山峦与石头保护自己，以防沾染上粗俗的赞美、如画的风景，或希望的赌注。

在这荒芜的壮丽中，我们漫步了整整一日。午后还几乎感觉不到有风吹拂，但随着时间的流逝，风渐渐大了起来，填满了整个风景。它从东边远处山峦间的一个豁口吹来，从地平线的深处奔来，在石头与阳光间上下蹦跶。它不作停歇，用力呼啸着穿过废墟，在石与泥的竞技场里打转，在布满坑洼的岩石堆中沐浴，用气息将每根石柱包围，在露天的集会场上不停地喊叫。我觉得自己像是根桅杆，在风中嘎吱作响。我被它从中心掏空，眼睛被它灼烧，嘴唇被它撕裂，皮肤渐渐干瘪，直至不再是我的了。从前，我可以透过皮肤识读世界所写下的文字。世界在皮肤上刻下温柔或愤怒的记号，用夏日的微风为它取暖，用寒霜的牙齿将它啮噬。然而，我被风抽打了那么久，揉搓了一小时有余，已是两眼昏花，几乎没了抵抗力，甚至忘记了自己的形骸。就像鹅卵石被潮水涂上一层清漆一般，我也被这风抛光磨亮，侵蚀至灵魂。我飘浮其上，成了这股力量的一小部分，接着成了它的大部分，最后成了它的全部，将我澎湃的血液与这无所不在的自然之心的洪亮呼啸融合为一。风依照四周灼热的裸露场景来将我塑造。我，这众石中的一颗。山风那转瞬即逝的搂抱让我感到孤独，就像孑立于夏日天空下的一根石柱或一棵橄榄树。

这场阳光与风的沐浴过于猛烈，耗干了我所有的活力。在我身上已经几乎感受不到整齐拍动的羽翼、呻吟的生命，抑或一丝微弱的精神上的反抗。很快，我便遍布世界的各个角落，忘记了我自己，也被我自己所遗忘——我化成了风，化成了风中的立柱与拱门，化成了散发着热气的石板与这座废弃城市四周苍白的群山。我既超脱于自己，又存在于世界，我从未如此深切地同时体会到这两种感觉。

是的，我存在。此刻令我震惊的是，我不能走得更远了。就像个被终身监禁的人——对他而言，一切都是当下的存在。同样，也像个知道明天及以后日日都与今天相似的人。因为对一个人而言，意识到自身的存在，也就意味着不再有任何期待。即使有诸如情绪之类的内心风景，那也只会是平平无奇的。而在这个地方，我始终追随着某样不属于我而仅属于这个地方的东西，就像某种我们皆有的对死亡的渴望。在影子已倾斜的立柱间，不安就像受伤的鸟儿一样在空中消散。而替代其位置的，是这种荒芜的清醒。不安自生者之心而生，但平静将遮盖这颗活着的心——这便是我全部的洞见。随着白日将尽，杂音与光线在从天而降的灰烬中湮灭。我被自己遗弃，一种隐秘的力量在我的心中说"不"，面对它时，我觉得自己毫无防备。

很少有人能理解，世上有一种拒绝，它完全不同于放弃。"未来""生活改善""境况"等词是什么意思？"心灵的进步"又作何解释？我之所以顽固地拒绝世上所有的"以后"，是因为我觉得不应放弃当下的财富。我不那么乐于相信死亡面向的是另一次生命。死亡对我而言是一扇紧闭的大门。我不认为这是必须跨出的一步——反倒觉得它是一场可怕又肮脏的冒险。人们向我提供的所有建议，都力图帮人减轻自身的生活负担。而看着在贾米拉天空中笨重地飞行的鸟儿，我要求并得到的恰好就是某种生活负担。我完全与这被动的激情融为一体，不再与其他的一切相干。谈论死亡，我还太过年轻。但我觉得，如果我一定要谈论它，那么我定会在这里找到那个精确的词，来形容那种已经确信死亡必将来临，于是处于恐怖与寂静之间的毫无希望的状态。

人生在世总会有几个熟悉的观念。两三个吧。随着世事的变幻，依着所遇之人的不同，人们将这些观念打磨、改造。要拥有一个属于自己且能被人们谈论的观念，需要花费十年时间。这自然有些容易让人打退堂鼓。但由此，人可以从某种程度上熟悉这世界的漂亮脸蛋。直到那时为止，人都一直面对面地看着世界的脸。所以，为了看清世界的侧脸，必须往旁边挪一步。一个年轻的人正面对面地看着世界。他还没时间去打磨关于死亡或虚无的观念，但他业已尝受过它的可怖。青春就应是如此——艰难地与死亡面对面，本能地心向太阳却又本能地怀着身体上的恐惧。与上面的说法相反，至少从这方面看，青春没有幻想。它既没有时间，也没有热忱来为自己构思幻想。而不知为什么，在这满是褶皱的景致面前，在石头凄惨而庄严的喊叫面前，日落时分的贾米拉变得不近人情；不知为什么，在消逝的希望与色彩面前，我确信，在抵达生命终点时，对得起"人"这一称谓的人们定会再度与世界面对面，抛弃过去曾属于自己的那几个观念，恢复纯真的状态，找回古人在面对自身命运时眼中闪过的真理之光。他们重获青春，但靠的是拥抱死亡。从这个角度来看，没有什么比疾病更微不足道的了。这是一个治疗死亡的药方。死亡会帮我们做好准备。它会创造一个见习期，其第一阶段便是自我感动。它支持人们努力避免完全死去。可贾米拉……于是我深切体会到，文明唯一且真正的进步——人们不时致力于此——在于创造有意识的死亡。

在其他话题上，我们动辄深思沉吟，这一直令我讶异，讶异于我们关于死亡的观念如此贫乏。它是好事还是坏事？我是害怕它还是召唤它（人们会这么说）？这也证明，一切简单的事物都令我们难以掌控。什么是蓝色？我们对蓝色又有何见解？关于死亡，我们也有相同的难题。关于死亡与颜色，我们不知该如何去谈论。然而，我面前的这个人又十分重要，沉重得像大地，预示着我的未来。可我真的能够思索清楚吗？我想：我应该去死，但这没有任何意义，因为我无法相信，而且我能体验的只有他人的死亡。我曾目睹一些人死去。尤其是，我曾目睹一些狗死去。触碰它们令我惊慌失措。那时我想到的是：鲜花、微笑、对女人的欲求。于是我明白，我对死亡的一切恐惧根植于对生的嫉妒。我嫉妒那些将继续活下去的人，对他们而言，鲜花与对女人的欲求都将变得有血有肉，兑现其全部的意义。我嫉妒，因为我太热爱生命，不得不变得自私自利。我不在乎永恒。也许有一天，你在某处躺着，会听见有人说："您很强壮，但我有义务诚挚地告诉您：您将会死去。"你就这样，看着自己的生命被别人玩弄于股掌之间，满腹恐惧，目光呆滞。其他的又有什么意义：血液的浪潮涌上我的太阳穴，我觉得我会粉碎周遭的一切。

可人固有一死，无论处于何种环境。人们会跟他说:"等你痊愈了……"但他还是死了。我不要这样。因为,既然自然有时会说谎,那么有时它也会吐真。贾米拉今晚吐真了,吐真的它是那样忧伤,那样无与伦比地美丽!就我而言,在这世界面前,我不想说谎,也不想别人对我说谎。我想带着我的清醒直到最后,以满腔的妒意和恐惧目视我的终局。正因我疏离于世界,心系生者的命运——而非静观永恒的天空——我才渐生对死亡的恐惧。创造有意识的死亡,意味着缩短我们与世界之间的距离,不带一丝欢乐地进入完成状态,同时清楚地意识到那些欢欣鼓舞的画面将属于那个永远失落的世界。贾米拉的丘陵唱着悲伤的歌谣,将这苦涩的教诲深深地插入我的灵魂。

将近傍晚时分,我们攀上通往村庄的山坡,沿原路返回,一路听着讲解:"这里坐落着那座异教城市;这个从城外逐渐扩展出来的街区,则是基督徒的街区。然后……"是的,这是真的。不同的人群和社会在此兴衰交替;征服者用其士官的文明在这里留下烙印。他们对"伟大"的理解卑鄙而可笑，竟试图用帝国的幅员来丈量。而奇迹却在于，他们的文明的废墟恰恰是对他们的理想的否定。因为在渐浓的夜色里俯瞰，成群的白鸽环绕着凯旋门飞翔，这座如同骨架般的城市并没有在天空中镌刻下征服与雄心的标记。最后，世界总会战胜历史。贾米拉向山间发出的这声石头般的洪亮呼喊，天空与寂静，我深谙其中的诗意：清醒、冷漠，是绝望或美的真正标记。在已然离去的这片伟大的崇高面前，我的心开始绷紧。贾米拉留在我们身后，陪伴它的是天空中忧伤的水珠、一声从高原另一侧传来的鸟鸣、山坡上突然又短暂地穿越而过的山羊群，以及在松缓又嘹亮的黄昏里，在祭坛三角楣饰上，长角的神明那张生机勃勃的脸。

# 阿尔及尔的夏天

### 献给雅克·厄尔贡

　　人与一座城市间的爱情通常是隐秘的。一些城市，诸如巴黎、布拉格甚至佛罗伦萨，它们都封闭在自我之中，限于那块属于它们自己的世界。但阿尔及尔，以及某些条件同样得天独厚的海滨城市，它们则向天空敞开，仿佛一张嘴巴或一道伤口。人们在阿尔及尔爱上的东西，都是每个人赖以为生之物：毗邻每个街角的海洋、若干斤两的阳光、凡人之美。而且，在这无节制的馈赠中，散发着一股更为隐秘的芳香。在巴黎，人们可能会想念开阔的空间和拍动的羽翼。在这里，至少，人总能感到心满意足，因为欲望得到了保障，人便可以衡量自己的财富。

也许，要在阿尔及尔生活上很长一段时间，才能理解过于丰盈的自然财富所导致的麻木。对于想要学习知识、提升修养、让自己变得更好的人而言，这里一无所有。这地方没有训教。它既不预言，也不揭示。它仅仅满足于给予，而且是大量地给予。它的一切都能用眼睛看见，人们从享受它的那一刻起便了解了它。它的快乐无药可救，它的愉悦并无希望可言。它需要的是有洞见的灵魂，也就是说，没有慰藉的灵魂。它要求人们，要像行信仰之事一样清醒行事。真是个奇特的地方，它给予它所养育之人的，既有辉煌，又有苦难！此地感性的人们，虽然在感官享受层面拥有着极为奢侈的财富，但同样与最极端的贫困并存。这并不奇怪，真实无不带着苦涩。阿尔及尔的脸庞，只有身处在最穷困的人群中时，我才会对它产生最深沉的热爱，这有什么奇怪的呢？

整个青年时期，人们都能在这里拥有一种与他们的美相配的生活。然后，衰老与遗忘接踵而至。他们将赌注押于肉体，但他们明白，自己终会失败。

在阿尔及尔，对那些朝气蓬勃的年轻人而言，到处都是避难所，到处都有成功的机遇：海湾，阳光，面朝大海的露台上红白色的棋牌，鲜花与体育场，光腿的女孩。但对那些青春已逝的人来说，这里无所依靠，无处不浸透着忧伤。在别处，有许多地方让人可以依靠自身的温暖来避开人性、获得救赎，例如意大利的露台、欧洲的隐修院，抑或普罗旺斯轮廓分明的丘陵。但在这儿，一切都需要孤独，需要年轻人的血性。"濒死的歌德召唤光明[1]"，这是一句历史性的格言。在贝尔库和巴布瓦德[2]，老人们坐在咖啡馆的靠里处，听头顶锃亮的年轻人说着大话。

这些开端与这些终局，正是阿尔及尔的夏天交予我们的。在这些月份里，这座城市被废弃。但穷人留在这里，以及天空。我们与穷人们一道，朝港口走去，朝人类的宝藏——温热的水和女人晒黑了

---

1 据说歌德去世前说的最后一句话是"Mehr Licht"（更多光）。"Mehr Licht"成为歌德的象征性遗言，也常被用来表现人类对光明和真理的执着追求。
2 贝尔库和巴布瓦德都是阿尔及尔的贫民街区。

的身体——走去。晚上，享用完这些财宝，他们又回到油布下，回到煤油灯前，油布和煤油灯是他们生活的全部布景。

在阿尔及尔，人们不说"下水"，而说"拍水"。我们不必执着于此。人们在港口游泳，累了就在浮筒上休息。他们从坐着漂亮女孩的浮筒旁经过时，会朝同伴们喊道："我跟你说，这里坐着一只海鸥。"这些乐趣是健康的。可以确信，这些乐趣构成了这群年轻人的理想生活，因为他们中的大部分会在冬天继续这样的生活，每天到了正午便赤身裸体，在阳光的暴晒中吃一顿便饭。这并不是因为他们读了裸体主义者们无聊的说教，信了这帮肉体领域的启蒙者（他们有一套关于肉体的理论体系，和启蒙者关于精神的理论体系一样令人恼火）。而是因为，阳光的暴晒令他们感到舒适。在我们这个年代，怎样强调这一习惯的重要性都不为过。两千年来，第一次有躯体在沙滩上这么一丝不挂。二十个世纪以来，人们一直致力于将古希腊式的放肆与天真改造得正派、得体，致力于贬低肉体，并将服饰设计得愈加复杂。今日在地中海边奔跑的这群年轻人，他们与提洛岛[1]上动作优美的竞技者何其相似，仿佛穿越了历史。如此贴近身体，并通过身体生活，你就会发现你也会有细致入微的一面，也有自己的生活，以及——容我胡诌一句——一种专属于你的心理学。[2]躯体的演变和精神的演变一样，也有其历史，会退步，会进步，会产生缺陷。其中的差别仅有一个：颜色。夏天去港口游泳，你就会意识到，所有人的皮肤都在同时发生变化，从白色变为金色，然后又变为棕色，最后成了烟草色，这是躯

---

1　提洛岛（Délos），希腊爱琴海上的一个岛屿，在古希腊时期是爱琴海上的宗教、政治、商业中心。

2　我不喜欢纪德颂扬躯体的方式，我这么说也许会让人见笑。他要求躯体抑制其欲望，以使欲望愈加强烈。在妓院的黑话里，和他相近的这类人被称作"复杂人士"或"脑力劳动人士"。基督教也想将欲望悬置，但用的是苦修的方式，更加自然。我的同伴樊尚是个箍桶匠，还是青年蛙泳赛的冠军，他看事情看得要更加清晰。他渴了就喝水；想要女人了就去追求，和她同睡；如果爱上了她（这种情形还未出现），就娶了她。另外，他总是说："会越来越好。"这句话强有力地概括了人们为颂扬知足所能写下的一切辞藻。——作者注

体变化的极限了。白色积木般的卡斯巴哈老城俯视着港口。当泳者浮在水面上时，他们的躯体在阿拉伯城市耀眼的白色背景的映衬下，就像一根根铜条。随着八月的来临，阳光愈加强烈，房屋的白色也愈加刺眼，泳者皮肤的光泽也就越深。那么，如何能不认同这种石头与肉体之间，以阳光与季节为尺度的对话呢？整个早晨，人们都在海水中度过，在盛开于水花间的笑靥、在周围红色与黑色的货轮（有的驶自挪威，散发着各类木头的清香；有的驶自德国，满溢着油的气味；有的全程沿着地中海岸行驶，带有酒和陈年酒桶的味道）的桨声中度过。到了阳光从天空每个角落溢出的时刻，满载棕色躯体的橙色独木舟便以比赛冲刺般疯狂的速度将我们带回岸边。节奏稳定地划着水的浆果色双叶桨遽然停止，我们在内港平静的水中久久地滑行。这叫人无法怀疑此时场景的真实性——我透过这平滑的水面，载回了一船黄褐色的神明，而从这一船神明中，我竟可以认出我的兄弟？

然而在城市的另一端，夏日向我们递上了与这边全然不同的另一些财宝——我指的是它的寂静与无聊。这些寂静，其品性取决于它诞生于阴影中还是阳光下，故而并不完全相同。市政广场上正午的寂静便是其中一种。广场边的树荫下，一些阿拉伯人在贩卖着廉价的冰镇橙花柠檬水。"新鲜的哦！新鲜的哦！"他们的吆喝声穿过冷清的广场。叫卖声过后，寂静再度降临于阳光下。商贩的壶罐里面，冰块正上下翻滚，我可以听到其中细微的声响。还有一种午睡的寂静。在海军街区的各条街道，在肮脏的理发店前，躲藏在空心苇帘后的苍蝇嗡嗡作响，我们能在这悦耳的嗡嗡声中捕捉到此种寂静。此外，在卡斯巴哈老城摩尔人开的咖啡馆里，人的身躯是寂静的，它无法挣脱这些地方，无法弃茶杯而去，无法寻回与其血液的汩汩声共处的时光。但还有一种夏日傍晚的寂静，它尤其特别。

当白日摇曳着沉入夜晚，这些短暂的时刻是否盛满了秘密的记号与呼唤？或许正因如此，我心中的阿尔及尔才与它们如此紧密相连。当我远游时，我会将它的黄昏想象成幸福的承诺。在俯瞰这座城市的山丘之上，有几条被乳香黄连木和橄榄树簇拥着的小路。我的心受到吸引，朝它们而去。我在其中看见几行黑色的鸟儿，从绿色的地平线飞起。天空中，阳光倏然被倾倒一空，某样东西在其中舒展。一小片红色云朵在其中延展，直至消失于空气。几乎是一刹那的工夫，第一颗星星显现，我们看见它在厚厚的天墙上逐渐成形、稳固下来。然后，忽然间，夜幕降临，吞噬一切。阿尔及尔转瞬即逝的傍晚，它们有何独一无二之处，竟能从我身上解开如此多的东西？它们留在我嘴唇上的甜蜜，还来不及让我产生厌倦，就已消失在夜色里。这就是它能长存的秘诀吗？此地的温柔强烈而短暂。但在它尚存的那一刻，至少我的整颗心都沉湎其中。在帕多瓦尼海滩，舞厅每日开张。这家夜总会是一个矩形的空间，整条长边都面朝大海，街区的穷苦青年在这里跳舞，直至傍晚时分。我常在那里等待一个奇特的时刻。白天，舞厅四周斜竖着一些挡风板作为保护。当太阳西逝，人们就把挡风板撤除。舞厅于是充斥着一种诡异的绿光，绿光源自两瓣贝壳，即天空与海洋。我们若坐在离窗户较远处，则只能看见天空，以及舞者们的脸庞，一个接一个地轮转，仿若一场皮影戏。有时，他们跳的是华尔兹，绿色的背景里，一个个黑色的轮廓执拗地旋转着，就像唱片机转盘上那些形状不一的剪影。夜晚来得很快，与它同行的还有灯光。在这微妙时刻，一种隐秘的沉醉之情油然而生，但我不知该如何用言语形容。不过，我还记得一个高个子女孩，长得极为标致，整个下午都在这里跳舞。她戴着茉莉花项圈，项圈下是蓝色的紧身长裙，裙子从腰身到小腿都被汗水浸湿了。她一边跳舞，一边仰头微笑。当她从桌边经过，会留下混杂了花与肉体的气味。傍晚来临，我已看不见她紧贴在男舞伴身上的身体，但在天空的背板上，白色的茉莉花和黑色的头发变成一个个着色点，仍在交替旋转。当她收回膨起的胸部时，我能听见她的笑声，能看见她舞伴的轮廓忽然弯下腰来。我所得出的关于纯洁的观点，应当归功于这样的傍晚。而面对那些满载暴力的灵魂，我也学会了不再将他们与那片旋转着他们欲望的天空分离。

阿尔及尔的街区电影院里，有时会卖薄荷糖，上面用红字刻着让爱情诞生所必需的话语：一、问题："您什么时候和我喜结连理？""您爱我吗？"二、回答："在癫狂时。""在春季。"选好座位落座后，你就把薄荷糖传递给邻座的女孩，女孩要么以同样的方式回复，要么就不理不睬地装糊涂。在贝尔库街区，你能见到许多男女通过此种方式结为眷属，以一小块薄荷糖之名许诺终身。而这贴切地描绘了此地稚气未脱的人民。

　　青春的标志，也许在于极致地追求简单的幸福。但其中最重要的，则在于迫不及待地去生活，甚至近乎挥霍。贝尔库和巴布瓦德街区的居民都早婚。他们很年轻的时候就参加工作，用十年时间参透做人与生活的经验。工人到三十岁就已打完所有底牌，在妻子和孩子间等待生命的终局。他的幸福粗犷而无情。他的生活亦是如此。但人们要是知道，在他出生的这个地方，一切被给予的事物都会被收回，那么就可以理解他了。富足且丰盈的生活所呈现的曲线近似于激情——突如其来，严苛又慷慨。

它并不等待被建构，而是等待被焚毁。它与思考无关，与做更好的自己无关。譬如，地狱的概念在此地只是个可爱的玩笑。只有品德极为高尚的人才被允许如此想象。而我觉得，在阿尔及利亚各地，"美德"是个没有意义的词语。这并不是因为此地的人们缺乏道德准则。他们有自己的道德伦理，而且十分具体。他们不会对母亲"不敬"。他们会全力让自己的妻子在街头得到尊重。他们会为孕妇提供特殊照顾。他们不会以多欺少，因为"这是不光彩的"。谁要是不遵守这些基本戒律，他就"不是人"，一切免谈。我觉得这些准则是公正而有力的。我们中还是有许多人无意识地遵守着这部街头法令，它是我所知的唯一一部不偏不倚的法令。但与此同时，小商贩的道德伦理却鲜有人知。我总能看到周围的人去同情某个被一堆警察铐走的人。在弄清那个人是偷了东西还是杀了父母，抑或仅仅是不循习俗之前，他们会先入为主："是个可怜人。"或带着一种微妙的钦佩表示："那个人是个真正的海盗。"

有些民族就是为骄傲与生活而生的。他们怀

有一种最奇特的爱好，即爱好无聊。同时他们也最反感死亡。除了肉欲之欢，这个民族没有其他的娱乐方式。这么多年以来，地掷球俱乐部、"联谊会"组织的宴会、廉价电影、市镇狂欢节，这些就已足够满足三十岁以上人士的娱乐需求了。阿尔及尔的周日可以列入世界上最死气沉沉的周日之列。故而，这个没有灵魂的民族又怎会用神话来掩饰生活中最深的恐惧呢？在这里，一切与死亡扯上关系的事物都是荒谬可憎的。这些没有宗教、没有偶像的人民群居而生，而后孤独死去。我从未见过比布吕大道的公墓更丑陋的地方，而它对面的风景却是世上最美的景致之一。黑色的装饰里堆积着恶劣趣味，一股恐怖的忧伤升腾而起，那里，死亡露出它真实的面容。"万物皆逝，"心形的还愿物上写着，"唯记忆永存。"它们都在强调这可笑的永恒。这永恒是那些曾经爱过我们的人，以微不足道的代价供应给我们的。绝望各不相同，诉说的话语却相同。这些话语以第二人称的口吻对死者说："我们的记忆不会抛弃你。"借由这阴暗的伪装，人们赋予了这团至多可以说是黑色液体的东西一具躯体和些许欲望。别处，在成堆令人顿感昏沉的大理石花和大理石鸟中间，镌刻着这一轻率的誓言："你的坟墓永远不会没有鲜花。"但你很快可以松一口气：铭文镌刻在一束镀金灰泥做的花束周围，可以帮活人省下不少时间（那些名为"不朽者"的大理石花也一样，那些依然乘着有轨电车匆匆前行的人把它们做出来，放在这儿，赋予它们这一浮夸的称号，而它们也帮他们节省了不少时间）。由于要与时俱进，人们有时会用珍珠做的飞机换掉传统的夜莺，令人目瞪口呆。而这飞机由一位天使驾驶，这位天使虽不会飞翔，却长着一对华丽的羽翼，毫无逻辑可言。

可如何才能让外人明白，这些死亡图景从不与生命分离？在此地，两者的含义是密不可分的。阿尔及尔的运尸人最爱开的玩笑，就是在开着空的灵车时，朝一路上遇见的漂亮女孩大喊："亲爱的，上车不？"这种行为尽管惹人厌，却也不失为一种典型。当地人在讣告面前会眨着左眼评论说——"可怜的人哪，他不会再唱歌了"，或者像那个从未爱上过丈夫的奥兰[1]女人那样念叨道——"神将他赐予我，又将他从我身边收回"。这可能显得有几分渎神。但无论如何，我从当地人眼中看不到死亡有何神圣性。相反，我清晰地感觉到恐惧死亡与尊敬死亡之间的距离。这里的一切都呼吸着恐惧——对死于一个生机勃勃之地的恐惧。然而，贝尔库的年轻人恰恰喜欢在这座公墓的墙角约会，女孩们在此奉献她们的亲吻与爱抚。

我全然明白，这样的一个民族不会被所有人接受。此地不像意大利，智慧连一席之地都无法占据。这一族群对精神漠不关心。它崇拜和仰慕的是肉体。它从肉体中汲取力量，从肉体而来的还有它的天真与不知廉耻[2]，以及一种令外人观感不佳的幼稚的虚荣心。人们常批评它的"精神面貌"，即看待世界的方式和生活的方式。的确，生活要想达至一定的精彩程度，则必然伴随着不公。然而，这个民族虽

---

1　奥兰（Oran），阿尔及利亚海滨城市，现为该国的第二大城市。
2　见文后附注。——作者注

然没有过去、没有传统，却并非没有诗歌。可据我所知，它的诗歌是生硬的、充塞着肉欲的，与温柔相去甚远。甚至他们的天空也是如此，而这天空是唯一实实在在感动我、疗愈我的事物。文明民族的反面，是创造型民族。这帮懒洋洋地休憩于沙滩上的野蛮人，他们也许不知道，我怀揣着一种疯狂的期望——期望他们正在形塑一种文化样貌，使人类的伟大最终可以从中找到自己真正的模样。这个完全投身于当下的民族，它的生活中没有神话，没有慰藉。它将它所有的一切都置于这片土地上，自此对死亡毫无戒备。形体之美被毫不吝啬地赐予己身。而与这馈赠相伴的，是那独一无二的贪婪，它与这无未来可言的财富如影随形。此地人们所做的一切，都反映出他们厌恶稳定，不在意未来。他们急着生活，而假若真有一种艺术在此地诞生，那它一定憎恨恒久，正是这种恒久曾促使多利安人[1]在丛林中

---

[1] 多利安人建立了斯巴达、亚哥斯、科林斯等城邦，创造了古典建筑三柱式之一的多利安柱式。

雕琢了他们的第一根立柱。然而，是的，此地人民的脸庞粗野而顽强；此地夏日的天空不留一丝温柔，令一切真实都能大白于天下，没有诓人的神明敢在其上勾勒希望与救赎的神迹；你会在这脸庞中、在这夏日天空下发现，节制与过分共存。在这天空和转向它的脸庞之间，没有神话、文学、伦理或宗教的容身之地，只有石头、肉体、星辰，以及那些触手可及的真实。

感受到与一块土地的联结，倾注于两三个人的爱，知道永远有一个能找到心灵和谐的地方，这对人仅有的一生而言，已是很大的确定性了。这也许还不够。但每个人都会在某些时刻向往那灵魂的故乡。"是的，我们要回归的正是彼岸。"在尘世又见到普罗提诺[1]所期望的这种合一，其中有什么奇怪的

---

1 普罗提诺（Plotinus，205—270），古罗马哲学家，新柏拉图主义最重要的代表，以更神秘的形式改造了柏拉图的理念论。他认为太一（The One）、理性（Nous）、灵魂（Soul）是三位一体的，太一是存在的源泉，灵魂上升至理性，再由理性回归太一，实现与太一的合一。

呢？在此地，合一是透过太阳与大海表现出来的。它可以通过品尝某些肉欲而被心灵感知，正是这肉欲造就了它的苦涩与伟大。我知道，在由一个个日子构成的曲线以外，没有超乎人类的幸福，没有永恒。这些微不足道却必不可少的财富，这些相对的真实，是仅有的可以感动我的事物。而其他的，那些所谓"理想化的真实"，我没有足够的精神来理解它们。这不是在装傻，而是因为我找不到极乐的意义。我只知道，这天空将比我存在得更为恒久。除在我死后将继续存在的事物以外，还有什么可以被称作永恒呢？我在此表达的并非一个身处其境遇之中的造物的自满。我想表达的另有他物。做人并不总是那么简单，而做一个纯粹的人就更难了。但做一个纯粹的人，意味着要找回那灵魂的故乡，在那里，世界的亲缘关系变得可感，血液的涌动与下午两点的太阳那激烈的脉搏结合在一起。众所周知，我们只有在失去这个故乡的那一刻才能将它辨认出来。对那些受尽自我折磨的人而言，故乡就是那否定他们的东西。我既不想显得过于武断，也不想显得过于夸张。可终究而言，今生否定我的东西之中，当以那杀死我的东西为首。所有提升生命的事物，同时也在助长生命的荒谬。在阿尔及利亚的夏日，我懂得，只有一样事物比苦难更实用，那便是一个幸福的人的生命。但这也可能是一条通往更伟大生命的道路，因为它引导我们不要作弊。

可实际上，许多人只是为了逃避爱本身而假装爱生活。他们试着享乐，试着"做些实验"。但这是从精神的角度看的。要成为一个享乐者，必须有一种罕见的志趣。一个人生命的实现，依靠的不是他的精神，而是他的退与进，他的孤独与在场。看到贝尔库的这些男人劳作着，保护着他们的妻子和孩子，且常常没有一句怨言，我相信你的内心一定会隐约感到羞耻。当然，我不抱任何幻想。在我所述及的这些人的生命中，并没有太多的爱。或许我应该说，不再有太多的爱。但至少，他们什么都没有逃避。有一些词，我从未理解透彻，譬如"罪孽"。但我想我知道，这些人不曾对生活犯下罪孽。因为如果说人能对生活犯下什么罪孽，那也许不是对生活绝望，而是期待另一种生活，并逃避当下生活那不可抗拒的伟大。这些人不曾作弊。二十岁的他们曾是夏日之神，因为他们怀着对生活的热情；如今的他们被夺走了一切希望，却依旧是夏日之神。我曾目睹他们中的两人离世。离世前的两人满是恐惧，却一言不发。这样更好。在挤满了人类之恶的潘多拉之盒中，希腊人把希望放到最后一个拿出来，把它当作最可怖的一个。我不知还有什么象征能比这更动人。因为与我们所以为的恰恰相反，希望等同于顺从。而生活，则意味着不顺从。

以上至少是阿尔及利亚的夏天给我的严厉教诲。但季节已开始颤抖，夏日已开始晃动。在那么多的暴烈与紧绷之后，九月的第一场雨落下，就像被松绑后的大地落下的第一行泪；在几天时间里，这个国度仿佛掺杂了温柔。而就在同一时期，角豆树将爱的芬芳洒满了整个阿尔及利亚。在整个夏天里，这一整片大地曾献身于太阳，而在这雨后的黄昏，它开始了休憩，腹部被散发着巴旦木芳香的种子浸润。由此，这芳香再一次为人类与大地的婚礼祝圣，让世上唯一真正雄浑的爱情在我们身上升起：那慷慨却易逝的爱情。

## 作者附注

在此，引用一个从巴布瓦德听来的斗殴故事作为说明，一字一句地按原样记录。（叙述者的说话方式并不总和米塞特[1]笔下的卡加尤[2]一样，希望读者不要为此而惊讶。卡加尤的语言通常是文学语言——我指的是，它是被作家重构过的。"江湖"上的人并不总说黑话。他们只是使用一些黑话中的词语，与卡加尤不同。阿尔及尔人使用一套特殊的词汇和一种特别的句法。但只有将这些创造插入法语中，才能显得别有风味。）

于是可可走上前，对他说："停一下，停。"另一个人说道："怎么了？"可可对他说："我要打你几拳——然后你再打回来咋样？"于是对方把手放

---

[1] 米塞特（Musette），阿尔及利亚法裔作家奥古斯特·罗比内（Auguste Robinet，1862—1930）的笔名。

[2] 卡加尤（Cagayous），米塞特创造的文学形象。他是个典型的"黑脚"（Pied-Noir，即法裔阿尔及利亚人），是巴布瓦德街区的民间英雄、聪明的骗子和吹牛大王，总是说着黑话，经历各种冒险，拥有一帮朋友，常为他们卷入拳脚争斗。

在身后，但只是装腔作势。可可对他说："别把手放在后面，我要用 6-35 手枪给你来一下子，然后你照样会吃上几拳。"

那人没把手放回来。而可可呢，就给了他一拳，不是两拳，是一拳。那人摔倒在地。"哇，哇。"他叫了起来。于是人群聚拢了过来。斗殴便开始了。有一个人上前，朝可可走去，接着是两个、三个。我说："喂，你要碰我兄弟？""谁？你兄弟？""就算他不是，我也把他当我兄弟。"于是我就给了他一拳。可可打，我也打，吕西安也打。我把一个人逼到角落，朝他的头一顿毒打，"砰，砰"。然后警察就过来了，把我们铐上了。我一脸羞耻地穿过整个巴布瓦德街区。在绅士酒吧前，站着几个朋友和小妞儿。我一脸羞耻。不过接着，吕西安的父亲跟我们说："你们干得好。"

# 荒漠

### 献给让·格勒尼耶

当然，生活有点像是表达的反面。如果我相信托斯卡纳[1]的艺术大师，那就意味着三度见证——在缄默中、在火焰中和在静止中。

要花上好多时间才能意识到，我们每天都会在佛罗伦萨或比萨的街上遇见他们画作中的人物。但与此同时，我们再也不会看到身边人们的真实脸庞了。我们不再看和我们同时代的人，而只渴求他们身上那些为我们指引方向、规范行为的东西。比起脸庞，我们更偏爱他们无比庸俗的诗意。但对乔托

---

1　托斯卡纳（Toscane），意大利中部的一个大区，是意大利文艺复兴的发源地。

和皮耶罗·德拉·弗朗切斯卡[1]而言，他们深知，人的感性根本算不上什么。至于心灵，说实话，每个人都有。然而，那些朴素而永恒的伟大情感——仇恨、爱情、眼泪和欢乐，它们的四周环绕着对生活的热爱，在人的内心深处滋长，塑造了人类命运的脸庞——在乔蒂诺[2]的画作《基督的葬礼》中，悲痛使得玛利亚咬紧牙关。在托斯卡纳教堂的那些巨幅圣母像中，我能清晰地看见一大群天使，他们的脸庞被无限地描摹着。但在每一张缄默而热情的脸庞中，我都察觉出了一种孤独。

这确确实实与画面、故事、色调、感染力有关。这的确与诗意有关。但最重要的，是真实。而我把一切能够持续的事物称作真实。有一个微妙的道理值得我们思考：从这个角度来看，只有画家可以缓解我们的饥饿。那是因为画家们拥有化身为身体小

---

1 皮耶罗·德拉·弗朗切斯卡（Piero della Francesca, 1416 或 1417—1492），意大利文艺复兴时期画家，深受佛罗伦萨新艺术理论的启示，把研究自然与科学透视结合起来。
2 乔蒂诺（Giottino, 1324—1369），意大利文艺复兴初期画家。

说家的特权。那是因为他们在这叫作"当下"的华丽而肤浅的题材上进行创作。而当下总是在一个动作中现身。他们不会简简单单地画一个微笑或一闪而过的腼腆表情，不会画悔恨或期待。他们画的是一张骨架起伏、热血涌动的脸庞。他们已经为这些凝固于永恒线条间的脸庞永远地祛除了精神的诅咒：以希望为代价。因为身体对希望一无所知。它只知晓涌动在它之中的血液。那份专属于它的永恒自淡漠而来。例如，在皮耶罗·德拉·弗朗切斯卡的这幅《受鞭笞的基督》中，在一个打扫一新的庭院里，基督正遭受一个四肢粗壮的行刑者的鞭笞，我们能从他们的姿态中察觉出一种相同的淡漠。那是因为这场鞭刑没有后续，而其中的教诲也止步于油画的边框。对于一个不期待明天的人而言，有什么理由感动呢？这种无动于衷，这种不抱希望之人的伟大，这种永恒的当下，恰恰是那些智慧的神学家所说的地狱。而地狱，众所周知，也意味着肉体的煎熬。托斯卡纳的艺术家们的止步之处正好就在这副肉体前，而非这肉体的命运。世上不存在预言画。而且，若要找寻希望的缘由，也不应该去博物馆。

　　的确，许多智者为灵魂不朽所困。但那是因为他们在耗尽活力之前，拒绝那被赠予的唯一真实，即身体。因为身体不向他们提出任何问题，或者，他们起码知晓身体所能呈现的唯一结局：那是一种终将到来的腐朽，因而披覆着他们不敢直面的苦涩与高贵的真实。与之相比，智者更偏好诗意，因为诗意与灵魂相关。你一定能清晰地感觉到我在玩弄辞藻。但你也一定能够理解，我只是想借由真实来奉献一种更高的诗意：一团黑色火焰，由从契马部埃[1]到弗朗切斯卡的意大利艺术家升起于托斯卡纳的风景中，代表着俗世中人类清醒的反抗——他们被抛置于俗世，而俗世的壮丽与光辉却无止息地向他们谈论着一个不存在的上帝。

　　由于淡漠与无动于衷，人的脸庞有时会像静景般庄严。例如，画中的某些西班牙农民最终变得与

---

1　契马部埃（Cimabué，约1240—1302），意大利画家，相传为乔托的老师，佛罗伦萨最早的画家之一，开意大利文艺复兴时期的艺术风气之先河。

他们土地上的橄榄树相似，又如乔托画中人物的脸庞，它们不具有可以显示灵魂的细微阴影，最终变得与托斯卡纳本身酷似，接受了托斯卡纳慷慨给予的唯一教诲：献身激情并牺牲情感，既禁欲又享乐，与大地和人类共鸣，而经由这共鸣，人类和大地将自己界定于苦难与爱之间。心灵并不能确定那么多的真实。而我可以清楚确定以下这一真实——某个傍晚，阴影凭借一种无声的忧伤，开始吞没佛罗伦萨乡间的葡萄树和橄榄树。但此地的忧伤永远只是一行对美的注解。而在穿越傍晚的列车中，我感觉到有某样东西在我身上被解开。今日的我是否可以认为，有着一张忧伤的脸庞也能够被称作幸福？

是的，意大利也把其艺术家所阐释的教诲遍播于它的风景之中。但幸福很容易就会错过，因为人总是不配得到它。意大利也一样。它的恩典尽管来得急遽，却并非总是立竿见影。比其他任何国家都好的是，它吸引我们去深入体验一种初见便已尽显的感觉。因为它首先挥洒的是诗意，以更好地掩藏它的真实。它首先使用的法术是遗忘典礼：摩纳哥的夹竹桃，开满鲜花、飘满鱼腥味的热那亚，以及利古里亚海岸蓝色的傍晚。然后终于到了比萨，与比萨一道的是一个丢失了里维埃拉[1]、略带草根气质的魅力意大利。但这个意大利依旧浅薄，所以为什么不在它的肉欲恩典上花些时间呢？在比萨的这段时间里，没有什么东西在催促我（我失去了"被追赶的旅行者"[2]的乐趣，因为打折火车票迫使我必须在"我自己选择"的城市里待上一段时间）。对我而言，我去爱与去理解的耐心在这第一晚似乎是无限的。这一晚，我在疲乏与饥饿中来到了比萨，火车站前的大街上，迎接我的是十个声若雷鸣的高音喇叭，向人群倾泻着浪漫曲的声浪，而人群中几乎全是年轻人。我已经知道我期待的是什么了。在这场活力的跃进之后，那独特的一刻将会来到：咖啡馆关门，寂静突然再度降临，而我将沿着几条短而

---

1　里维埃拉（Riviera），在意大利语中是"海岸线"的意思，这里指的应是意大利里维埃拉，是利古里亚海岸的别称。

2　"被追赶的旅行者"化用自法国作家亨利·德·蒙泰朗（Henry de Montherlant，1895—1972）的小说《被追赶的旅行者》（Les Voyageurs traqués），意指那些被命运或环境逼迫、仓促漂泊的人。

阴暗的街道朝市中心走去。黑黢黢的阿尔诺河泛着金光，古迹呈黄色与绿色，城市一片荒芜，晚间十点的比萨变成了一幕满是寂静、流水和石头的布景，该如何描述这种出其不意的巧妙诡计？"正是在这样一个夜里，杰西卡！"[1] 在这独一无二的舞台上，众神随着莎士比亚笔下的情人们的嗓音一道现身……当梦境顺从于我们时，我们也应学会顺从于梦境。人们来此寻找藏在内心更隐秘处的一首歌，我已经在这意大利之夜的深处感知到它的前几个和弦。明天，仅仅在明天，原野将在早晨变为圆形。但那一夜，我是众神中的一个，而在"迈着爱情的急切步伐"[2] 出走的杰西卡面前，我将我的嗓音混入罗兰佐的嗓音之中。但杰西卡只是一个借口，这一爱的冲动超越了她。是的，现在我相信，罗兰佐与

---

1　原文出自莎士比亚喜剧《威尼斯商人》第五幕，相爱的杰西卡与罗兰佐在月光下交谈，两人多次以"正是在这样一个夜里"起头，引用关于夜的典故以互表爱意。

2　原文出自弗朗索瓦·基佐（François Guizot, 1787—1874）译的莎士比亚喜剧《威尼斯商人》第五幕，英文直译为"和一个挥霍无度的情郎一道"。基佐的法译本可能做了意译处理，或是误译。

其说是爱她，不如说是感激她允许他爱她。但怎会在今晚想到了威尼斯的情人，而忘了维罗纳的那一对[1]呢？这当然是因为，我来此地并不是为了怜惜那些不幸的情人。没有比为爱而死更徒劳无功的事了。活着才是我们应当做的事。所以活着的罗兰佐比长眠地下的罗密欧更加值得，尽管后者的确纯洁无瑕。身处鲜活爱情的盛宴间——午后在教堂广场修剪一新的草坪上打盹，躺在总会有时间来参观的古迹间，啜饮城市喷泉微微温热但快速流淌的泉水，再度看见那个女人的笑靥，以及她长长的鼻子和骄傲的嘴巴——这叫人怎能不欣然起舞？我们只需明白，这场入会祭礼是在为更高的启示做准备。这些都是导引狄俄尼索斯的信徒去厄琉息斯参加入会秘仪的行列，光彩夺目。人在欢乐中为领受教诲做准备，而待到他的沉醉程度抵达更高的一阶，肉体就有了意识，与一种以黑血为象征的神圣奥义产生共感。在

---

1　指莎士比亚的悲喜剧《罗密欧与朱丽叶》中的主人公罗密欧和朱丽叶。他们的故事发生于意大利的维罗纳。

初见意大利的热情中遗忘了自我，就这样，为领受使我们摆脱希望、脱离历史的教诲做好了准备。在那处美的舞台上的真实，属于身体，也属于此刻，我们怎能不紧紧抓住它不放，就像紧紧抓住唯一能够期待的幸福一般——这幸福必使我们狂喜，却也终将凋零。

最令人反感的唯物主义并非人们平时所信的那种，而是意图让我们把死去的观念当作鲜活存在的唯物主义，它将我们对自己身上终将永远死去的那部分的执着且清醒的关注，转移到了枯燥的神话上。我记得，在佛罗伦萨圣母领报大殿的死者回廊，我受某种心绪的影响而激动异常，我当时以为那是困苦，实际上只是愤怒。天下着雨，我读着墓碑和还愿牌上的铭文。这边埋葬的是位温柔的父亲，忠诚的丈夫；那边埋葬的那位既是最好的郎君，又是精明的商贾。还有一位少女，她是个道德典范，会说法语，"si come il nativo"[1]。那边是另一位少女，

---

[1] 意大利语，意为"说得非常地道"。

她是全家人的希望，"ma la gioia è pellegrina sulla terra"[1]。但这些都没有触动我。从这些铭文来看，他们几乎都顺从死亡，而且这是确定无疑的，因为他们都负有其他义务。今日，孩童已经侵占了死者回廊，他们在这些想要让死者的美德恒久流传下去的墓碑上玩跳山羊游戏。彼时，夜晚降临，我坐在地上，背靠着一根廊柱。一个神父从我身旁经过，对我微笑。教堂里，管风琴低沉地演奏着，暖色调的壁画在孩童喊叫声的后方若隐若现。我独自一人靠在廊柱上，就像一个被扼住了咽喉的人，正试图大声喊出他的信仰，以作为他的遗言。我的全部身心都在反抗这种顺从。"必须这么做。"铭文说。不，反抗才是正确的。这正在行进的欢乐，如尘世间的朝圣者般淡漠与专注，我应当一步一步地跟随它。而对其余的，我严词拒绝。我以我全部的力量拒绝。墓碑让我懂得，它们都是无用的，而生命就如"col

---

1　意大利语，意为"但欢乐是尘世间的朝圣者"。

sol levante col sol cadente"[1]。但直至今日,我依旧没有看见此种无用之物从我的反抗之中夺走了什么。相反,我可以清楚地感知,它充实了我的反抗。

而且,我想说的并不是这些。我想从略近一些的距离掌握一种真实。这种真实,我可以从我的反抗之心中感受到,而反抗只是这种真实的延伸。这种真实,存在于圣母领报大殿回廊里晚开的小朵玫瑰中,也存在于这个礼拜天清晨的佛罗伦萨的女人们身上,她们的胸口不受束缚,自由地掩藏在轻盈的长裙中,嘴唇湿润。这个礼拜天,在每座教堂的角落里,都整齐地竖立着一排排花,丰满而闪亮,噙着水珠。这时,我从中觉察到一种"天真",以及一种报偿。在这些花和这些女人中,有一种高贵的丰腴感,而我并不觉得渴望后者与贪求前者之间有什么不同。只需有一颗同样纯洁的心即可。一个男人觉得自己有颗纯洁的心,这并不常见。但至少

---

1 意大利语,意为"日升日落"。

在此刻，他的责任在于把能将他神奇地洗净的东西唤作真实，即使这种真实在他人眼中可能是一种亵渎。我那天的所思就是其中一例:我在菲耶索莱一座弥漫着月桂花香的方济各会修道院里度过了那天的早晨。我在一个庭院里待了很长时间，那里满是红色的花朵、阳光、黄黑相间的蜜蜂。在一个角落里，有一个绿色的洒水壶。在到这里之前，我参观过修士们的小室，在那里见过他们的小桌，每张桌子都饰有一个骷髅头。现在，这个花园见证了他们的灵感。我沿着一座丘陵，往回向佛罗伦萨走去。丘陵上长满柏树，向这座被拿来向外界展示的城市倾斜而去。在我看来，尘世的此种壮丽，这些女人与花朵，都像是这些男人清心寡欲的证明。我不确定这是否也是那些男人的证明——他们知道，贫穷的极端总是同尘世的奢华与财富相接的。这些方济各会修士常年将自己禁闭于廊柱与花朵间，而阿尔及尔帕多瓦尼海滩上的那些年轻人则一整年都在阳光下度过，我感觉到，两者间存在一种共鸣。他们之所以脱去衣服，是为了令生活更加伟大（而非为了过另一种生活）。至少，这是"衣不蔽体"一词唯一有依据的注解。裸体的含义总包含着肉体自由，以及手与花之间的和谐——这是大地与解放了人性的人之间的情投意合——啊！这已然是我信仰的宗教，假使我尚未信仰它，那我也一定会改宗于它。不，这不是一种亵渎，而且，就算我说乔托笔下的那些圣方济各像的脸上绽开的微笑是对渴求幸福之人的辩白，那也不是亵渎。因为神话之于宗教就如诗意之于真实，只是些掩盖在生活热情上的荒诞假面罢了。

我是否应当再展开说说？在菲耶索莱，生活于红色花朵前的，和在小室中与滋养其沉思的骷髅头终日相伴的，是同一帮人。佛罗伦萨在他们的窗中，死亡在他们的桌上。绝望持续些许时候，也许就会产生欢乐。而当生命抵达某一温度，灵魂与血液就会交融，在矛盾中从容地共生，对责任、信仰皆显同等的淡漠。所以，当我看到某只巧手在比萨的一面墙上如此概括荣誉的概念时，我不再讶异："Alberto fa l'amore con la mia sorella."[1] 我不再讶异于意大利是个乱伦之地，或者说，至少是个准许乱伦之地——后者更显得意味深长。因为从美通往不朽的道路是曲折的，但也是确定的。理智沉浸于美之中，以虚无为餐。面对这些壮丽得令人窒息的景色，理智产生的每一缕思想都是对人类的抹去。很快，人被那么多沉重的信念否定—覆盖—再覆盖—模糊化，在世界面前变得只是个不成形的污点，除此之外什么都不是。这污点只知晓被动的真实——或是世界的颜色，或是世界的阳光。对灵魂而言，如此纯净的景观是枯燥的，它们的美是难以忍受的。石头、天空和水所作的这些福音书传言，没有任何事物可以复活。自此，在心中这片辽阔荒漠的深处，欲念开始诱惑这些地方的人们。一些灵魂虽被擢升至这崇高景象面前，高翔于美的稀薄空气中，却依旧不信伟大可与良善合而为一，这又有什么可惊讶的呢？失去了神明的理智试图在否定它

---

1　意大利语，意为"阿尔贝托和我姐妹做爱"。

的事物中寻找新的神明。波吉亚[1]入主梵蒂冈时嚷道："既然上帝将教皇职权赐予我们，那就应该赶快享用它。"而其所行正如所言。"赶快"，这话说得对。而我们已经能从中感受到得偿所愿者所独有的那种绝望了。

也许我错了。因为我在佛罗伦萨终究是幸福的，就跟众多先于我来到此地的人一样。但所谓幸福，若非人与生活间朴素的和谐，那又是什么呢？而又有哪种和谐比双重意识——既意识到对寿限的渴望，又意识到死亡不可避免——更为合理，能够让人与生活合而为一？我们至少能从中学会不要指望任何事物，而要将当下视作"额外"给予我们的唯一真实。我总听别人跟我说：意大利、地中海、古老的土地，那里的一切都与人类的尺度相适。但它又在哪里？希望有人能为我指明道路。就让我睁开眼睛，寻找我的尺度与快乐吧！我会看见：菲耶索

---

1 波吉亚（Borgia, 1431—1503），即教皇亚历山大六世，西班牙人，靠贿选得位，私生活放荡不羁，与情妇育有子嗣，是文艺复兴时期最具争议的教皇。

莱、贾米拉和阳光下的港口。人类的尺度？寂静和死石。其余的一切皆属于历史。

但不应就此打住。因为没有人说幸福一定与乐观密不可分。它与爱情相关，但两者并非同样的东西。而我知道，在某些时刻和某些地点，幸福可能会显得十分苦涩，以至于人们更倾心于它的承诺，胜过喜欢它本身。但这是因为，在这些时刻和这些地点，我没有足够的心性去爱，也就是说，没有足够的心性做到不放弃。必须在此谈一谈，人是如何进入大地与美的庆典的。因为此刻，正如刚皈依的教徒要取下他的面纱，人也要在神的面前抛下载着他的个性的那枚小小硬币。是的，在更高处存在着一种幸福，虽然幸福在那里似乎毫无意义。在佛罗伦萨，我登上波波里花园 [1] 的高处，来到一块露天平台上，从那里可以望见橄榄山 [2] 和佛罗伦萨城的高

---

1　波波里花园（jardin Boboli），美第奇家族的私家庭院，位于佛罗伦萨市中心。
2　橄榄山（Monte Oliveto），佛罗伦萨西南侧的山丘。

地，直至地平线。每座山丘上的橄榄树都像烟雾般苍白，而在这团由橄榄树构成的薄雾里，一棵棵柏树坚毅地挺立着，近处的呈绿色，远处则黑黢黢的。大团的云朵在深蓝色的天空中布下一个个斑点。下午即将结束时，一道银光降下，一切都静默下来。一座座山丘的顶峰一开始都掩藏在云里。但起了一阵微风，我的脸庞能感觉到它的气息。这阵微风拂过，云朵在山丘后方散成两半，就像帷幕被打开了一般。与此同时，山顶的柏树映在突然露出的蓝色背景中，像是一下子长高了一般。与柏树一道，整座山丘以及由橄榄树和石头构成的风景缓慢地登上舞台。别处的云朵飘来。帷幕合上。而山丘同它的柏树和房屋一道，再度走下了舞台。接着，在远方其他几座愈加模糊的山丘那边，同样的场景再度上演，同一阵微风在这里将厚厚的云层吹开，在那里又将它合上。这是世界在恢宏地呼吸，同一道气息几秒钟前刚在此处完成一场演出，紧接着又在不远处再度献上一首世界规模的赋格曲[1]，用石头和空气演奏出它的主题。主题每奏响一次就降一个调：追随着它的我也就离它稍微远了些，同时也变得稍微平静了些。而当这次可在心中感知的远眺行将结束之时，我瞥了一眼这首山丘赋格曲的全貌——一座座山丘一齐呼吸，仿佛整个大地都在歌唱。

我知道，这风景曾被几百万只眼睛凝视，而对我而言，它就像天空绽开的第一缕笑容。它把我驱赶到深层意义上的"我"之外。它让我确信，若没有我的爱和石头那悦耳的叫喊，一切都会是无用的。世界是美丽的，在它之外，别无救赎。它耐心传授给我一个巨大的真实，即精神什么都不是，心灵亦然。以及，被阳光晒热的石头，或被无云的天空拔高的柏树，它们所圈定的是唯一的宇宙，在这里，"正确"才拥有了意义：那是一个没有人类的自然。

---

1 赋格曲（fugue），一种复调音乐体裁，源于拉丁文"fuga"，原意为"遁走"。在赋格曲中，主题通过模仿的手法，以相同或稍作变化的形式依次进入不同声部，形成一种追逐的效果，让听众觉得它仿佛在不同声部之间"遁走"。

而这世界将我毁灭。它将我带向终结。它心平气和地将我否定。当夜幕降临在佛罗伦萨的乡野，我向一种智慧走去，在那里，一切都已被征服，除了那涌上我眼睛的泪水，除了那填满我的、使我忘记世界的真实的，放声呜咽着的诗。

应当止于此种平衡：在这非凡的时刻，灵性抛弃了伦理，幸福从希望缺席处诞生，精神在身体中找到了它的理性。如果每一项真实都的的确确随身携带着它的苦痛，那么每一项否定的内里也必定盛开着肯定之花。而那首自静观而生的无望爱情之歌也可以代表最有效的行动指南。皮耶罗·德拉·弗朗切斯卡的画作《基督复活》中，复活的基督正从陵墓中出来，他的眼神根本不像是人的眼神。他脸上没有一丝幸福，只有一种凶狠、无灵魂的威严。我不由得将这种威严当作一种活下去的决心。毕竟智者与愚者一样，都很少表露心声。此种曲折反转令我陶醉。

但这一教诲，是从意大利得来的，还是从我

自己心中领悟的？它无疑是在那里向我显形的。但那是因为意大利和其他得天独厚的地方一样，向我呈现了一番美的场景，尽管在此种美里，人依旧会死亡。在这里，真实依旧会腐朽，有什么比这更加激动人心的呢？尽管我希望拥有一种永不腐朽的真实，但我又能用它来做些什么？它不适合我。而对它的爱也可能会变为一种虚情假意。很少有人能够理解，人从来不会因为绝望而放弃那造就了他的生命的东西。一时的冲动和绝望通向其他的生活，仅仅标志着一种对尘世教诲的深深眷恋。但人也有可能在达到某一清醒程度后，感到内心紧闭，于是，在既没有反抗又没有请求的情况下，面对那直至彼时都被他当作生命的东西，也就是他的躁动，转身弃它而去。兰波[1]之所以没能在阿比西尼亚[2]写下哪怕一行诗，既不是因为他醉心于探险，也不是因为他放弃了作家的身份。而是"因为事情就是那样"，

---

1　兰波（Arthur Rimbaud，1854—1891），法国象征主义诗人，代表作有《醉舟》《地狱一季》等。
2　阿比西尼亚（Abyssinie），埃塞俄比亚的旧称。

以及当意识达到某一阶段后，人最终会接纳那些曾依着自己的使命而努力不去理解的东西。我们能清楚地感觉到，此间涉及的是研究某片荒漠的地理情况。但这片荒漠很是奇特，只有那些能够生活在那里，并一直忍受干渴的人，才能感受到它。正因如此，也唯有如此，那里才能盈满幸福的活水。

在波波里花园，就在我伸手可及的范围内，垂挂着金色的大柿子，它们闪亮的果肉可以迸发出厚厚的糖浆。从那平缓的山丘到这些多汁的水果，从使我与世界联结的隐秘兄弟情谊到把我推向我手上的橙色果肉的饥饿，我领会到了此种平衡——它将一些人从苦行引向享乐，从全然超脱引向丰沛的感官享受。我曾惊叹于，现在也依旧惊叹于这条将人类与世界相连的纽带，这幅双重镜像——我的心可以干涉其中，映写下它的幸福，直至一个确定的边界，在那里，世界或完成它，或摧毁它。佛罗伦萨！在欧洲，只有为数不多的几个地方曾令我领会到，我的反抗之心中沉睡着一种允纳，而佛罗伦萨正是那几个地方之一。在它混杂着泪水和阳光的天空中，我学会了允纳大地，学会了在其庆典的阴暗火焰中燃烧。我感受到……该用哪个词语呢？该描述怎样的恣肆呢？该如何使爱与反抗之间的和谐不朽呢？大地！在这座被众神遗弃的巨型神庙里，我的所有偶像都长着一双泥足[1]。

---

1　此处化用"泥足巨人"的典故。"泥足巨人"的典故出自《圣经·但以理书》：巴比伦国王梦见一座巨大的雕像，全身从上到下分别用金、银、铜、铁制成，只有脚是半铁半泥的。一块石头从天而降，砸碎了泥足，雕像也随之倒塌成碎片。现常用"泥足巨人"来比喻外强中干之物。

# 夏天集

*L'Été*

而你，

你为澄澈的一日而生。

——荷尔德林

# 弥诺陶洛斯[1]（或停驻于奥兰）

献给皮埃尔·加兰多

## 编者按

这篇随笔写作于 1939 年，读者在评估今日奥兰的面貌时应谨记这一点。事实上，这座美丽城市爆发的火热抗议活动使我确信，它所有的缺陷都已经（或将要）被弥补。而这篇随笔所颂扬的那些美，则已被小心翼翼地保护了起来。奥兰是座幸福而现实的城市，从今往后，它不再需要作

---

1 弥诺陶洛斯（Minotaure），希腊神话中的牛头人身怪，被克里特王米诺斯关在迷宫内，吞食雅典人每年进贡的七对童男童女，后被忒修斯杀死。

家:它期待着游客。

（1953 年）

　　不再有荒漠。不再有岛屿。人却依然感受得到对它们的需求。为了理解世界，有时必须转身而去；为了更好地服务人类，则必须远离他们片刻。孤独是力量所必需的，但到哪儿去找寻孤独？长长的呼吸里集结了精神，积聚了勇气，但到哪儿去寻找这长长的呼吸？

　　在欧洲献予我们的城市里，充满了太多过去的喧嚣。一只敏锐的耳朵能在那里捕捉到翅膀的振动和灵魂的颤动。一个个世纪、一场场革命和过去的那些荣耀让我们感到眩晕。在那里，我们会时时想起，西方就是在喧嚣中被缔造的。这使得那里不够寂静。

　　巴黎时常是心灵的荒漠，但在有些时候，一阵革命之风从高处的拉雪兹神父公墓吹来，旗帜和败下阵来的威严忽然间填满了这荒漠。某些西班牙城市，以及佛罗伦萨和布拉格，都是如此。萨尔茨堡[1]倘若没有莫扎特，本该是安宁的。但现如今，陷入地狱的唐璜那高傲的喊叫声在萨尔察赫河上空回荡。维也纳显得更加寂静，在众多城市中就像是个少女。那里石头度过的年岁不超过三个世纪，它们洋溢着青春，不知何为忧郁。但维也纳正处于历史的十字路口。它的周围回荡着帝国之间的冲撞声。在某些天空泣血的傍晚，维也纳环城大道那些宏伟建筑上的石马像是要飞腾而起。在这所有人都在谈论着权力与历史的短暂瞬间，我们可以清楚地听到，在蜂拥而至的波兰骑兵的马蹄下，奥斯曼帝国轰然坍塌。这也没有制造出足够的寂静。

尽管如此，人们来到欧洲城市，找寻的正是这种人海中的孤独。至少，人们知道自己要做些什么。在那里，他们可以选择旅伴，与之同行，然后弃之而去。有多少灵魂在这场往返于酒店房间和圣路易岛古老石块间的旅途中经受了淬炼！的确，有的灵

---

1  萨尔茨堡（Salzbourg），奥地利城市，著名作曲家莫扎特的故乡。

魂在那里因孤独而逝去。但不管怎么说，对于那些经受了淬炼的灵魂而言，他们在那里找到了成长和自我肯定的理由。他们茕茕，却不孑立。那么多个世纪的历史与美，过往千百生灵的炽热见证，陪伴着他们沿塞纳河而行，向他们述说着传说与征服。但他们洋溢的青春驱使他们不断召唤这些旅伴。一些令人讨厌的旅伴也随着时代来到他们身边。"只有我们俩。"拉斯蒂涅[1]在巴黎城巨大的霉斑前嚷道。我们俩，是的，但依然太多！

　　荒漠本身就有其意义，人们赋予了它太多的诗意。对于世上所有的痛苦而言，那里是一方圣地。而在某些时刻，心灵却恰恰只需要一些没有诗意的地方。笛卡儿为了沉思，选择了属于他的荒漠——那个时代最商业化的城市。他在那儿找到了他的孤独，找到机会写下了也许是我们那些雄浑诗歌里最伟大的一首："第一条（原则）是，永远不要把任

---

1　拉斯蒂涅（Rastignac），巴尔扎克小说集《人间喜剧》中的人物，出身于没落贵族家庭，是个抛弃道德、良知，不顾一切往上爬的贵族青年。

何东西当作真的，除非我有十全的把握知道它是真的。"人可以少一点野心，但怀旧的念想是不会变的。三个世纪以来，博物馆已经布满阿姆斯特丹。为了逃避诗意，找回石头的宁静，必须到其他的荒漠，到其他没有灵魂、没有倚靠的地方。奥兰便是其中之一。

## 街道

我经常听到一些奥兰人这样抱怨他们的城市："这里没有有趣的圈子。"喀！当然啰，谁让你自己不想有呢。某些好心人曾试着将另一个世界的风尚引进这荒漠。他们坚信这一原则：人要是不抱团，就无法很好地促进艺术与思想的发展。[1]结果是，有教益的圈子仅剩下扑克玩家、拳击爱好者、地掷球爱好者和一些地方社团。在那里，至少朴素占据着

---

1　人们在奥兰遇见果戈理笔下的赫列斯塔科夫。他打了个哈欠，然后说："我觉得应该从事些高雅的活动。"——作者注

主流。毕竟，世上存在着一种并不通向高雅的伟大。等级身份会使它无法产出成果。人们想要找到它，就必须走出"圈子"，深入街道。

奥兰的街道总是与尘土、碎石、炎热相伴。要是下了雨，那必定是洪水滔天，形成一片泥泞之海。但无论经受雨露还是阳光，那里的商店都有种怪诞不经的格调。欧洲和东方的所有坏品位都在此交会。店里杂乱无章地摆放着大理石制成的灵缇犬、跳天鹅舞的舞女、绿色酪蛋白塑料制成的女猎神狄安娜、掷铁饼者和割麦工——总之，所有可以用作生日礼物或结婚礼品的东西，所有由一个爱开玩笑的商业天才从我们的壁炉上得来的蹩脚形象，我们都能在那里找到。然而，这种对坏品位的执着在这里却呈现出一种巴洛克式的风格，能让人原谅一切。看这边，装在一只沾满尘土的精致盒子里的便是这一面橱窗所展示的物品：几具双脚扭曲变形的丑陋石膏模型，一沓"以每幅一百五十法郎的价格贱卖"的伦勃朗画作，一些整人玩具，几只三色皮夹，一幅十八世纪的色粉画，一只长毛绒做的机械小驴，几只用来保存青橄榄的普罗旺斯水瓶，一座露出猥琐笑容的难看的木制圣母像。（为了让路人都能看见，"经理室"还在圣母的脚下放置了一个指示牌，上面写着"木制圣母像"。）

在奥兰我们可以找到：

1. 一些柜台上积满污垢、撒满飞蛾的足与翅的残骸的咖啡馆。尽管生意总是冷冷清清，老板却总是笑脸相迎。"小杯黑咖啡"在那里卖十二苏一杯，大杯则卖十八苏。

2. 一些自感光纸发明以来就未曾改进过技术的照相馆。它们陈列着一些不可能在街上遇见的古怪家伙——从肘部支在边桌上的假水手，到衣着丑陋、在森林背景前晃着胳膊的待嫁少女。我们可以料定，这些照片并非取景于自然，而是摄影师自己的创作。

3. 许多殡仪馆，数量多得令人肃然起敬。这并不是因为奥兰死的人比他处更多。我猜这仅仅是因为奥兰人的殡葬礼节更加繁缛。

这个经商族群的热情与天真在他们制作的广告中展露无遗。我曾在奥兰一家影院的广告单上看到过一部三流电影的广告词。我能从中找出一堆"奢华阔绰""富丽堂皇""无与伦比""不可思议""震撼人心""精彩绝伦"之类的形容词。在广告词的最后，导演团队告知公众，他们为了能够向后者呈现这部非凡的"巨制"，不得不投入大量的财力和物力。然而，票价却不会因此而上涨。

如果你觉得这只是南方人所独有的喜欢夸张的特质在作祟，那你就错了。准确而言，这些绝妙广告单的作者从中显露出了他们的心理学意识。此地的人们在两场演出、两项职业，甚至是——这很常见——两个姑娘间做选择时，内心常常冷漠而麻木。广告单的作者们意图战胜这种冷漠与麻木。人们只有在被迫的情况下才会做决定，而广告方深知这一点。他们会采用美国式手法，将这里和那里都用相同的理由包装起来，以激发人们的念想。

最后，奥兰的街道告诉我们，当地的年轻人有两大乐趣：让别人给自己擦皮鞋或穿着擦亮的皮鞋在林荫道上漫步。为了准确地了解第一种乐趣，你必须在周日上午十点将自己的鞋子交付给加列尼大道上的擦鞋匠。你就高高地坐在扶手椅上，眼前是一场敬业人士上演的好戏——奥兰的擦鞋匠显然十分热爱他们的工作。由此，你可以尽情享受这场好戏带来的特别的满足感，尽管你只是个外行人。每处细节都处理得很到位。几把刷子，三块不同类型的擦布，混合了汽油的鞋油：当温顺的刷子下焕发出完美的亮光，你也许会认为已经大功告成。然而，同一只手又一次执着地在光亮的鞋面上涂上鞋油，摩擦，使色彩沉着，使鞋油渗入皮面的深层。第二道亮光在同一把刷子下从皮革深处迸发而出，这才是真正的最终形态的皮鞋的光亮。

由此得来的珍品接着就被穿到内行人面前炫耀。为了感受此等从林荫道边得来的乐趣，你应该去参加年轻人的假面舞会，每个傍晚都有，就在这座城市的主干道上。这帮来自"上层社会"的年轻奥兰人，年龄十六岁到二十岁，他们将美国电影中的角色当作优雅的模范，在晚餐前化装成后者的模样。头发烫成波浪形，再抹上发膏；上面是一顶耷拉在左耳上的毡帽，毡帽遮住了右眼；脖子被足以容纳垂下来的头发的巨大领子裹着；微小的领结用一枚别针一丝不苟地别着；上衣的下摆一直垂到大腿，腰身紧贴着髋部；裤子呈浅色，短短的；闪亮的皮鞋有三层鞋底。这帮年轻人每天傍晚都在主干道上肆意奏响他们铁制的鞋底，雷打不动。他们用尽手段模仿克拉克·盖博[1]的风度、坦率和架子。正因如此，城里那些喜欢评头论足的人一致给这帮年轻人取了绰号，叫"克拉尔克"，而之所以叫"克拉尔克"而非"克拉克"，则是拜他们随意的发音所赐。[2]

　　无论如何，在白日将尽的时刻，奥兰宽阔的林荫道都会被一支热情的青少年大军侵占。他们尽力捣乱，好使自己显得像个坏小子。奥兰的少女们一向觉得自己该嫁给这帮心地柔软的匪徒，所以也化

---

1　克拉克·盖博（Clark Gable，1901—1960），美国著名男演员，代表作有《乱世佳人》《一夜风流》等。
2　"克拉尔克"（Clarque）是用法国口音来拼读的"克拉克"（Clark）。

上美国大牌女演员的妆容，模仿她们的优雅腔调。那些喜欢评头论足的坏人因而称她们为"玛莱娜"[1]。就这样，在傍晚的林荫道上，当一声鸟鸣自棕榈树上升起，飞向天空，几十个"克拉尔克"和"玛莱娜"就在此相遇，估摸、打量着对方。他们乐于生活、乐于表现，在完美生活带来的眩晕里沉醉一个钟头。那些眼红他们的人说，现场简直就像是一个美国委员会在开会。但从这话语中，我们能感受到大于三十岁的人因无缘参与此种游戏所产生的满腹牢骚。他们轻视此类属于青春与浪漫的日常大会。事实上，这就是我们在印度文学中读到的百鸟议会。但在奥兰的林荫道上，我们不会为存在问题而争论，也不会为全德之路而忧虑。这里只有羽翼拍动、孔雀开屏，只有情影与胜姿，只有一首随夜晚消失的无忧之歌的喧嚣。

---

1  "玛莱娜"（Marlène）这一绰号应当是用法国口音来拼读的德裔美国女演员玛琳·黛德丽（Marlene Dietrich, 1901—1992）的名字，她于1930年因主演德国电影《蓝天使》而在全球走红，继而与派拉蒙影业签约，进军美国好莱坞，并很快成为好莱坞巨星。

我在这里听见赫列斯塔科夫说："我觉得应该从事些高雅的活动。"哎呀！他的确能做到。只要有人推动，像他这样的人就可以在几年内遍布这片荒漠。但就此刻而言，在这座浮华的城市里，与漫步的少女们擦肩而过，就算是有些矜持拘谨的灵魂也不得不解放自己。少女们虽涂脂抹粉，感情却无法到位，她们模仿精致感，却模仿得很糟糕，以致诡计即刻就败露了。从事些高雅的活动！你看到的却顶多是：凿刻在岩石中的圣克鲁斯城堡、群山、平坦的海洋、暴烈的风、阳光、港口的大型起重机、火车、库房、码头、攀上城市峭壁的巨型斜坡，以及城市当中的那些嬉戏与无聊、喧嚣与孤独。也许，这所有的一切实际上都不够高雅。但这些人潮拥挤的岛屿的巨大价值，在于心灵会在那儿裸露出本来的模样。寂静只有在那些嘈杂的城市里才是可能存在的。笛卡儿从阿姆斯特丹写信给老巴尔扎克[1]："我

---

[1] 老巴尔扎克，即盖·德·巴尔扎克（Guez de Balzac，1597—1654），巴洛克风格的法国作家，擅长书信体散文。

每天都在熙攘的人群中漫步，与在小径中漫步的您一样自由与平静。"[1]

## 奥兰的荒漠

奥兰人被迫生活在一片令人赏心悦目的景色前，但他们却在城市里盖满丑陋的建筑，从而战胜了这一可怕的"苦难"。你期待的是一座面朝大海的城市，拂面的晚风将它洗净，让它变得清凉。可除了西班牙街区[2]以外，你看到的却是一座背对大海的城市，被建造得像个蜗牛壳，绕着城市中心呈螺旋状。奥兰是一堵黄色的巨型圆墙，上方罩着一方坚硬的天空。最初，人们在迷宫中漫步，他们像寻

---

1 奥兰有一个组织讲座与讨论会的社团，名叫"我思俱乐部"，它以此为名也许就是为了向这句名言致敬。——作者注
2 还有新建的滨海林荫道。——作者注

找阿里阿德涅[1]的记号一样寻找大海。但他们只是在压抑的浅黄褐色街道里原地打转，最终，弥诺陶洛斯将奥兰人吞食：它是无聊的化身。长久以来，奥兰人不再漫步。他们已接受被吃掉的命运。

没来过奥兰，你就无从知晓何为石头。在这座尘土最盛的城市里，石子为王。当地人对它喜爱有加，以至于商贩们会把它放在橱窗里，用来压住纸张，或仅仅用以装点门面。人们用石头沿街堆叠出一个个石垛，大概是为了取悦双眼，因为一年后，石垛依旧在那儿。位于别处时都是从植物汲取诗意的东西，到这里却换上了一副石头模样。可能连在商业区遇见的那一百来棵树，都被细心地盖上了尘土。它们是被石化了的植物，枝丫散发着呛人的尘土味。在阿尔及尔，阿拉伯人的公墓如众人所知，是松软的。在奥兰，拉斯艾因山谷的上方有一块原

---

1　阿里阿德涅，希腊神话中克里特王米诺斯之女，与雅典英雄忒修斯相爱。她将一个线团交给前往迷宫杀死弥诺陶洛斯的忒修斯。忒修斯将线团的一端系在迷宫入口，然后一边抛线一边往迷宫里走，在杀死弥诺陶洛斯后沿着抛下的线走出迷宫。

野——这次终于是面朝大海了——平摊在湛蓝的天空下，全是白垩状且易碎的石子，阳光照在上面，亮起耀眼的火光。在这些泥土的残骸中间，生长着一株鲜红的天竺葵，不时地向景色倾注着它的生命与鲜血。整座城市都凝固在一块脉石中。从种植园望去，包裹着城市的峭壁是如此厚重，以至于景色如矿物般无生机，因而变得不真实。人从那里被放逐了。那么多沉重的美，仿佛来自另一个世界。

如果我们可以用以天空为王的无灵魂之地来定义荒漠，那么奥兰正等待着它的先知。在奥兰城的四周与上空，非洲的粗野本质绽放着炽热的魅力。它将覆盖着它的不祥布景炸裂，它在每间房屋之间和每座屋顶上粗暴地号叫。如果你登上圣克鲁斯山坡上的一条公路，那么首先在你眼前显现的会是奥兰那些零散的彩色立方体建筑。稍往高处以后，可以看到高原四周呈犬牙状的峭壁像一头头红色的野兽，向大海蹲伏而去。再往高处一些，则可以看到阳光与风形成一个个大旋涡，城市则杂乱地散布于岩石景色的各个角落，衣衫不整；大旋涡将城市覆盖，为它通风，将它搅乱。在此处，人类奇妙的混乱状态与大海始终如一的永恒形成对照。这足以让一丝震撼人心的生命气息向山坡上的公路升腾。

　　荒漠有着某种无法平息的东西。奥兰如矿物般无生机的天空，以及它那覆盖了一层尘土的街道和树木，所有这一切都有助于创造这么一个厚重、淡漠的世界——在那里，心与灵魂的专注点从不会从它们自己身上移开，也不会从它们唯一的标的，也就是人的身上移开。我在此谈论的是严格意义上的*僻静*。人们曾写下许多关于佛罗伦萨和雅典的书籍。这些城市教化了那么多的欧洲才人，以至于它们必须拥有某种意义。它们拥有让人感动或振奋的手段。它们可以平息以记忆为食的灵魂的某种饥饿。然而，在一个没有任何吸引才人之物，丑陋成为常态，过去等同于无的城市面前，要如何才能感动呢？空虚、无聊，淡漠的天空，这些地方的吸引力在哪儿呢？无疑在孤独中，或许在造物之中。在某类人看来，只要是富有造物之美的地方，都是他们苦涩的故乡。

奥兰便是他们千百座都城中的一座。


## 体育比赛


　　位于奥兰商队驿站街的中心体育俱乐部将举办一场拳击晚会。俱乐部声称，这场晚会定能得到真正的拳击爱好者的好评。用浅显的话来说，这意味着海报上的拳击手与明星选手相比还差得很远，他们中有几位还是第一次登台比赛，所以你要是不看好他们的技巧的话，至少也可以看看他们的士气。之前有个奥兰人鼓动我去看，郑重其事地向我打包票，说"到时会流血"，于是那天晚上，我就身处那帮真正的拳击爱好者中了。

　　显然，这帮人从不讲究舒适。组织者实际上只是在一个类似于刷了石灰的车库最里面布置了一个拳击场，顶上用波浪形铁皮覆盖，灯光尤为刺眼。界绳四周，一排排折叠椅被摆放成方形。那是"荣誉拳击场"。这个大厅的长边上设满了座位，最里边则腾出一大块被称作"散步场"的空地，因为在场的五百个人中，没有一个能在挥手帕时不造成严重事故的。在这个矩形货箱中，有一千多个男人和两三个女人在呼吸。这两三个女人来这儿的原因，据我身旁的人说，一向是"想让自己被人注意"。所有人都大汗淋漓。在等待"希望"之战开场的时间里，一台巨型电唱机研磨出蒂诺·罗西[1]的歌声。这是谋杀前的浪漫曲。

真正的拳击爱好者拥有无限的耐心。原本宣告在 21 时开场的赛事到了 21 时 30 分还未开始，却没有人提出抗议。在温暖的春天里，人们的衬衫衣袖间散发出浓烈的体味。在周期性的汽水开瓶的爆裂声中，在那科西嘉歌手不知疲倦的哀歌中，人们热烈地讨论着。几个新来的人正挤入观赛人群中，就在这时，一台聚光灯在拳击场上倾泻下一抹刺眼的光芒。希望之战开始了。

---

[1] 蒂诺·罗西（Tino Rossi, 1907—1983），法国歌手和电影演员，出生于科西嘉岛。

希望之星，或称新手，是为乐趣而战的。他们心中总想证明这乐趣，因而总是急于互相残杀，无视一切技巧。他们从来无法坚持超过三个回合。从这一点看，晚会的主角应是年轻的"飞机童"，他平时都在咖啡馆的露天座旁向顾客兜售彩票。他的对手实际上在第二回合开始就已吃了螺旋桨般的一拳，倒霉地坠毁在拳击台外了。

人群稍稍活跃了起来，但这依旧是出于礼貌。他们庄严地呼吸着镇痛擦剂的神圣气味。他们静观着缓慢的典礼和混乱的献祭在眼前轮番上演，那混乱的献祭因白墙上格斗者的身影所构成的赎罪图而更加真实。这是某种精心设计的原始宗教仪式的开场。鬼魂附身[1]在这之后才会发生。

于是，就这样，从电唱机喇叭里传出声音，宣布接下来的比赛是"从不让步、未曾缴械的奥兰人"阿马尔对阵"来自阿尔及尔的重炮手"佩雷。介绍

---

1　此处作者使用了双关的手法，"鬼魂附身"（transe）一词在法语中还有"激动"的意思。

完擂台上的拳手后，迎来的是阵阵呐喊声。如果观赛的是个外行，那他也许会对这呐喊声产生误解。他也许会以为，这场引起轰动的比赛是两位拳手为了结众所周知的个人恩怨而进行的对决。但它涉及的其实是阿尔及尔和奥兰之间的恩怨，这恩怨已延宕百年之久，使这两座城市极端对立。要是时间再倒退几个世纪，那么这两座北非城市之间定已刀锋见血，就像当年生逢其时的比萨和佛罗伦萨那样。正因它们没有任何互相敌对的理由，它们之间的敌意才会如此强烈。正因它们之间有无数相亲相爱的缘由，它们之间的恨意才会那么深。奥兰人指控阿尔及尔人"装腔作势"，阿尔及尔人则说奥兰人没见过世面。这些辱骂比表面上看起来更具有挑衅意味，因为它们涉及了形而上的层面。而由于缺乏向对方发起围城战役的能力，奥兰和阿尔及尔只能在运动场、统计数据和大型工程上短兵相接，互相争斗、辱骂。

因此，拳击场上正在上演的，是历史书中的一页。而那个从不让步的奥兰人在千百声呐喊的支持下与佩雷战斗，他捍卫的是一种生活方式和一个省份的骄傲。但现实让人不得不承认，阿马尔在争论中表现不佳。他的辩护在形态上存在缺陷：手臂不够长。相反，那个来自阿尔及尔的重炮手则拥有足够的臂长。他以雄辩直击对方辩手的眉弓。在狂热观众的一片叫喊声中，奥兰选手的鼻子挂了彩。包括我身旁那人在内的广大观众一次次地为奥兰人加油助威：胆大的人高喊"打爆他""给他一拳"，狡诈的人高喊"打他下路""哎！裁判连这个都没看见"，乐观的人高喊"他已经开动了"。尽管如此，阿尔及尔人还是在无数倒彩声中以更高的分数获胜。我身旁那人常爱谈论体育精神，公然为阿尔及尔人鼓掌喝彩。当时他还用快被各种喊叫声淹没的声音，悄悄地对我说："这样做的话，他回那边后就不会说奥兰人都是些野蛮人了。"

但是，观众之间已经爆发了多场不包含在比赛日程内的打斗。打斗者挥舞着凳子，警察开辟出一条道路，狂热的情绪抵达顶点。为了让这帮大善人平静下来，让场内重回寂静，"组织方"争分夺秒地为电唱机换唱片，开始大声播放《桑布尔与默兹军团进行曲》[1]。几分钟的时间里，观众都举止端庄了起来。在警方的控场下，由选手和志愿者裁判混合而成的队伍左右摇摆着走上擂台。观众欢呼雀跃，用粗野的尖叫声，用淹没在势不可当的军乐之河中的不正经的猫叫鸡鸣，宣布比赛继续。

然而，想让平静再临，只需宣布大战开始即可。这发生得十分突然，毫不拖泥带水，就如演员们在剧终时即刻离开舞台那样。观众十分自然地掸去帽上的灰尘，摆正椅子，所有人的面孔上都呈现出一副和蔼可亲的模样，仿佛一帮付费聆听家庭音乐会的正派观演者。

最后一场比赛在一位来自法国海军的冠军选手和一位奥兰拳击手之间展开。这一次，后者占据臂长优势。但在前几个回合中，他的臂长优势并没有煽动起人群中的情绪。激动慢慢平息，复归平静。

---

1 《桑布尔与默兹军团进行曲》（Sambre-et-Meuse），在法国广为传唱的爱国歌曲，创作于1870年普法战争时期。

他们的呼吸依旧急促。他们也会鼓掌，可激情却不在场。他们喝倒彩时不带任何敌意。观众分成两个阵营，这是公平竞赛所必须的。但每个人的选择都依循着精疲力竭后的那种淡漠与随性。如果法国人"一味地防守"，如果奥兰人忘了不可以用头部攻击对方，那么他们就会被一连串的倒彩声压弯，然而顷刻之后，会有一阵热烈的掌声让他们重新挺立。直到第七回合，比赛才重回地表，而与此同时，那帮真正的拳击爱好者也开始从疲倦中苏醒过来。说实话，法国人已经被打趴在地上，但他仍想赢回些分数，于是朝对手扑去。"好！"我身旁那人说，"接下来就是混战了。"这的确是一场混战。在刺眼的灯光下，两个大汗淋漓的拳击手放下防守姿态，闭着眼睛击打对方，肩膀与膝盖不断地出击，交换着血液，嗅着怒火。与此同时，观众都站了起来，有节奏地为两名主角的奋力拼搏高声喝彩。观众受到了击打，又把击打返还回去，将它化作千百个震耳欲聋的热切声音，在空中回荡。那些之前随意选择了支持对象的人依旧顽固地坚持着自己的选择，并为此激动万分。每隔十秒钟，我身旁那人的尖叫声就会钻入我的右耳："加油，穿蓝领水手服的！加油，海军！"与此同时，我们前面的一名观众朝奥兰人喊道："Anda! hombre!"[1] 那伙计和那穿蓝领水手服的人正在加油奋战，而与他们一道在这座由石灰、铁皮、水泥筑成的神庙中奋战的，还有一帮已全然化作愚蠢神明的观众。每一记落在闪亮胸肌上的沉闷击打，都会在竭力支持选手的人群身上转化为响亮而颤抖的声音，在场地里回荡。

在此氛围下，平局不受欢迎。事实上，观众对比赛的感受完全是摩尼教二元论式的。世上有善也有恶，有胜者亦有败者。没犯错的就一定是正确的。在这种无懈可击的逻辑下，两千多个能量充沛的肺即刻得出结论，指控裁判被人收买了。可就在此时，那穿蓝领水手服的人上前一把抱住擂台上的对手，痛饮对方满是兄弟情谊的汗水。这足以让观众立刻改变主意，爆发出阵阵掌声。我身旁那人

---

1 西班牙语，意为"加油，伙计"。

说得对：他们不是野蛮人。

在星辰闪烁的寂静天空下，人群向场外蜂拥而去。他们方才经历了多场最累人的战斗。他们现在缄默不语，已经没有了评论的力气，悄悄地离开了。世上有善也有恶，这种宗教是无情的。这伙信徒不过是一群消失在夜里的黑白影子罢了。因为力量和暴力是孤独的神明。它们对记忆没有任何贡献。相反，它们只在当下肆意播撒它们的奇迹。它们与这个没有过往、在拳击场四周行圣餐礼的族群十分契合。此般宗教仪式虽然施行起来颇有难度，却将一切都简化了。善与恶共存，胜者与败者同行：在科林斯[1]有两座相邻的神庙，一座供奉的是暴力之神，另一座供奉的则是必需之神。

---

1  科林斯（Corinthe），古希腊城邦，位于伯罗奔尼撒半岛东北部，约公元前 9 世纪由多利安人所建。

## 纪念性建筑

既出于经济层面的原因，也出于形而上层面的原因，我们可以说，奥兰式风格——如果它真的存在的话——在那座名叫"垦荒者之家"的独特建筑上表现得淋漓尽致。奥兰并不怎么缺乏纪念性建筑。奥兰城有足够多的帝国元帅、部长和乡绅雕像。我们与他们在满是尘土的小广场上相遇，他们在那儿经受日晒雨淋，也已习惯了石头与无聊。但他们代表的是外来者的贡献。在这个幸福的野蛮社会里，他们都是文明的可悲象征。

与此相对的是，奥兰业已建起属于它自己的祭坛与讲台。这个国度的生存需要仰仗数不胜数的农业团体，而在商业区最中心的地段，为了给这些农业团体建造一座共同的府邸，奥兰人筹划用沙砾和石灰建造起一个新地标，为这些农业单位的美德打造一个令人信服的形象：垦荒者之家。如果从这座建筑的角度来评判，农业团体的美德总共有三：品位大胆、热爱暴力和具有历史综合感。埃及、拜占庭和慕尼黑携手建造了那间精致的糕点店，它的外形像是个扣着的巨型高脚杯。一些极其鲜艳的多彩石头被拿来镶饰屋顶的四周。这些镶嵌装饰的浓烈色彩太抓人眼球，以至于人们在第一次接触它时看不出什么名堂来，只感到一种无形的炫目感。可靠近一些后，注意力就被唤醒，可以看出这些镶嵌装饰包含着一层意义：一个垦荒者，打着蝴蝶领结，戴着白色的软木盔，正在接受一队穿着古代服饰的奴隶的致敬。[1] 这座建筑及其彩色装饰最终被安置在一个十字路口的中间，面朝来来往往的小型厢式有轨电车。而肮脏的有轨电车是这座城市的魅力之一。

此外，奥兰还十分珍视它武备广场上的两座狮子像。自 1888 年以来，它们分别端坐在市政厅楼梯口的两侧。它们的创作者名叫卡安[2]。它们威风凛凛，躯干粗短。据传，每个夜晚它们都会一前一后地爬下底座，默默地在黑黝黝的广场四周走动，不

---

1　正如你所见，阿尔及利亚民族的另一项特质就是坦率。——作者注
2　奥古斯特·卡安（Auguste Caïn，1821—1894），法国动物雕塑家。

时在积满尘土的大榕树下撒一泡长长的尿。当然，这些都是奥兰人喜闻乐见的传闻，但都不太可靠。

尽管做了些研究，可我依旧对卡安提不起兴趣。我仅知道，他因精湛的动物雕塑技艺而闻名。但我却常常想起他。这是一种在奥兰就会拥有的精神癖好。一个名声响当当的艺术家，就这样在此处留下了一件无足轻重的作品。数十万人都熟悉他放置在浮夸的市政厅前的那对温顺野兽。这不失为一种在艺术上获得成功的途径。这两头狮子无疑和数千件同类型作品一样，阅尽了各色各样的事物，却不曾见证才华。其他的艺术家有能力创作出《夜巡》[1]《圣方济各接受圣痕》[2]《大卫》[3]《对花朵的赞颂》[4]这样的作品。卡安却在一个以商业为主业的海外省份的一

---

1 《夜巡》（*Ronde de Nuit*），伦勃朗的名画，现藏于荷兰阿姆斯特丹国立博物馆。
2 《圣方济各接受圣痕》（*Saint François Recevant les Stigmates*），乔托的名画，现藏于卢浮宫。
3 《大卫》（*David*），米开朗琪罗创作的著名雕塑，现藏于佛罗伦萨美术学院。
4 《对花朵的赞颂》（*L'Exaltation de la Fleur*），古希腊浅浮雕，现藏于卢浮宫。

座广场上立起两只滑稽的粗野动物。但《大卫》会在某一天与佛罗伦萨一道崩塌，而这两座狮子像也许将幸免于难。我再强调一次，它们是别的事物的见证者。

可以明确地阐述下这一观点吗？这件作品微不足道却又稳固牢靠。它与精神毫无关系，却与物质有很大的关系。平庸想要持久地存在，为此用尽一切办法，包括使用青铜。我们拒绝授予它通往永恒的权利，而它却每天都在争取这样的权利。平庸本身不就是永恒？无论如何，这种坚持不懈的精神令人感动，它蕴含着教诲——这不单单是它的教诲，还是奥兰所有纪念性建筑和奥兰本身的教诲。每天中有那么一个小时，那么多次中有这么一次，它迫使你注意那些缺乏重要性的事物。精神在这样的往复中受益。这差不多就是它的保健方法，而且由于这些谦卑时刻是它所必需的，此种让自己变得愚笨的机会在我看来好过别种。所有终将消亡的事物都渴望持久。我们不如这么说：所有事物都想要持久。人类的作品除此以外并无其他意义，而在这一点上，卡安创作的狮子像与吴哥古迹[1]具有相同的机会。这使人倾向于谦虚。

奥兰还有别的纪念性建筑。或者说，至少应当授予它们这一名号，因为它们毕竟也是这座城市的见证，而它们的见证方式或许还更具有意义。它们便是如今沿着十多公里的海岸线建设的大型工程。总体而言，这些工程旨在将最阳光灿烂的海湾改造成一个巨型港口。实际上，对人类而言，这还是一个与石头对抗的机会。

我们发现，在某几位佛兰德斯大师的画作中，有一个尤为宏大的主题反复出现：建造巴别塔。画中的风景宏伟无边，岩石直攀云霄，陡坡上满是工人、野兽、梯子、奇怪的机器、绳索、挂线。而且，画面中人类的存在只是为了便于衡量工地之非人的大小。当我们面对奥兰城西的海滨峭壁时，想到的就是这些。

---

1 吴哥古迹是位于柬埔寨北部的文化遗迹，东方四大奇迹之一，是柬埔寨民族的象征。

悬挂在宽阔的斜坡上的有铁轨、翻斗车、起重机、微型火车……在毒辣的阳光下，几节如玩具般的机车在汽笛声、尘土和烟雾中绕着几块巨石运行。一群蚂蚁在山峦冒着烟的骨架上繁忙地劳作，不舍昼夜。几十个人沿着同一根绳子悬吊在峭壁的侧方，自动钻机的手柄就抵在他们的肚子上。他们整日都悬在半空中晃动着，将整块整块的岩壁切割下来。岩壁在轰隆声中倒塌在尘土中。更远处，翻斗车在斜坡上方将料斗翻倒过来，岩壁就这样被粗暴地倾倒至海洋。它们滚动着跃入水中，每一块巨岩身后都跟着一堆更轻的石头。无论是在固定的间隙，在夜深时分，还是在大白天里，都有一阵阵的爆炸声传来，令整座山峦震颤，让大海本身涌起。

身处这个工地的人们，向前方的石头发起进攻。要是我们能——至少在那么一瞬间——忽略使这项工程得以实行的严酷苦役，那么这样的壮举该多么令人钦佩。这些从山体里拔出来的石头服务于人类的计划。它们最初堆积在海浪之下，然后一点点地露出水面，最终排布成一座海堤，上面很快就覆满了一天天向着外海前进的人与机器。一张张钢铁大嘴一刻不停地在峭壁的肚皮上挖掘，然后向后一个转身，将过量的碎石吐入水中。随着海滨峭壁的前额逐渐低垂，整个海岸线便不可避免地与大海连通了。

　　当然，摧毁石头是不可能的。人们只是改变了它的位置。不管怎样，它都将比利用它的人存在得更久。就目前而言，它支持人的行动意愿。这本身可能并没有什么用。但改变事物的位置，这是人的工作：必须选择做或不做。[1] 显然，奥兰人已做出选择。在这冷漠的海湾前，在未来的几年里，他们将继续沿着海岸堆砌起一个个石堆。一百年以后，也就是明天，又必须开始。但今日，这一垛垛的岩壁见证了满面尘土、大汗淋漓的人们在其中来来往往。奥兰真正的纪念性建筑，依旧是它的石头。

---

1　本文探讨的是某种诱惑。必须先了解它。我们可以行动，也可以不行动，但都必须先了解清楚情况。——作者注

## 阿里阿德涅之石

　　奥兰人看起来和福楼拜的朋友阿尔弗雷德·勒·普瓦特万有几分相似。后者在去世前的那一刻最后看了一眼这个无可替代的尘世，喊道："把窗关了吧，那里太美了。"他们关上了窗，把自己围在墙里，将风景驱散。但勒·普瓦特万死了，而在他死后，日子依然继续，一天接着一天。同样，在奥兰黄色墙壁的另一面，海洋与大地继续着它们之间的冷漠对话。对人类而言，世界的此种恒久性总有两种截然不同的魅力。它使人类绝望，也使人类激昂。世界向来只诉说一件事情，它引人关怀，然后又使人疲倦。但最终，坚韧不拔的它总会取胜。它总是对的。

　　就在奥兰的城门前，自然已提高了声调。在卡纳斯泰尔街区那边，是成片的荒地，长满散发着芬芳的荆棘。那里的太阳与风只谈论孤独。在奥兰上方，是圣克鲁斯山、高原以及上千座通往高原的峡谷。数条往日可通行车辆的公路悬挂在俯临大海的山坡壁上。一月时，其中的某几条会开满鲜花。雏菊和草甸毛茛的黄色和白色小花点缀其间，将它们化为奢华小径。关于圣克鲁斯，一切都已被讲述。但假如一定要我谈一谈它的话，我会略去在节日里攀登崎岖丘陵的神圣行列，反倒更愿意提及一些别样的朝圣之旅。他们在红色的岩石间孤独地行走，攀爬到平静海湾的上方，赤身裸体度过明亮而完美的一个钟头。

奥兰也有属于它的沙漠——沙滩。我们在城门附近遇见的沙滩，只有在冬、春两季才荒无人烟。那是开满阿福花的高原，在花丛中盖满了简陋的小别墅。大海在下方发出轻微的轰隆声。然而，煦日、轻风、白色的阿福花、湛蓝的天空，一切都让人满怀对夏天的憧憬——到时候，沙滩上将挤满当地的纨绔子弟，人们在那儿度过漫长的时光，然后享受傍晚突如其来的温热。在这片海岸上，每年都会有新长成的花季少女。显然，她们只盛开一季。第二年，会有别的花朵盛放，将她们替代，而在上一个夏天，这些盛放的花朵还只是些如花蕾般干硬的小女孩。上午十一点，这些年轻的肉体都会身着花花绿绿的衣服走下高原，在沙滩上滚滚涌动，宛若一片多彩的海浪。

要想发现未开发的风景，必须走得更远（但离那个有二十万人来往劳作的地方出奇地近）：那里有连绵的荒芜沙丘，一座被虫蛀坏了的小屋是人类留下的唯一痕迹。时不时地会有一名阿拉伯牧羊人在沙丘顶峰赶着一个个黑色和米色的斑点前行——那是他的羊群。在奥兰地区的沙滩上，每一个夏日的早晨都好似世界初诞那几日的早晨。每一个黄昏都像是世界终结前最后几日的黄昏，最后一束光芒将所有颜色都加深，在日落时分庄严宣布末日的来临。大海呈群青色，公路与凝固的血液同色，沙滩泛黄。一切都与绿色的太阳一同消失；一小时后，沙丘上便洒满月光。那是些下着星辰之雨的无边无际的夜晚。有时会有暴风雨倾泻而过，还有闪电沿着沙丘流窜，把天空照得惨白，将橘黄色的闪光投映在沙子上和眼睛里。

但这些都无法被分享。必须亲身经历它。那么多的孤独与伟大，为这些地方增添了一张难忘的面孔。在天刚刚拂晓的微凉时刻，首批海浪拍打而过，依旧黢黑而苦涩。劈开这重得难以承受的夜晚之水的，是一个全新的生命。回忆起这些欢乐并不会令我感到后悔，我因此承认，这些欢乐都是美好的。那么多年以后，它们依然存在于这颗难以保持忠诚的心灵的某处。而我知道，今日在那荒芜沙丘上，如果我愿意去的话，那同一片天空依旧会倾泻下它的气息与星辰。这里是纯真之地。

但纯真需有沙与石。而人类已经忘记了如何在沙与石间生活。我们至少应该相信这一点，因为人类已将自己封闭在这座潜藏着无聊的奇特城市中。然而，正是这种交锋，造就了奥兰的价值。无聊之都被纯真和美所围困，包围它的军队以石头为士兵，有多少石头就有多少士兵。处在这座城市中，投敌的诱惑有时是多么强烈！与这些石头合而为一，与这藐视历史及其风潮、既炽热又淡漠的世界融为一体，那该是多大的诱惑！这无疑是徒劳的。但每个人内里的深处都有一种本能，它既不是毁灭，也不是创造。它仅仅是让人与一切都不相像。在奥兰炎热墙壁的阴影中，在它尘土飞扬的沥青路上，人们有时能听见此种劝诱。一时间，屈服于此的灵魂看起来像是从未沮丧过。这是欧律狄刻[1]的黑暗，是伊西丝[2]的睡眠。这是一片荒漠，思想将在这里恢复清醒；这是傍晚清凉的手，抚平悸动的心。在这座橄榄山[3]上，守夜礼是没有用的；神灵返回，赞扬沉睡的使徒。他们真的错了吗？他们依然获得了启示。

想想荒漠中的释迦牟尼吧。他在那里待了很多年，蹲着一动不动，眼睛凝视着天空。就连神明本尊都羡慕他的此种智慧和化为石头的命运。燕子在他伸展的双手中筑下巢穴。然而有一天，它们在远

---

1　欧律狄刻，希腊神话中俄耳甫斯的妻子。新婚之夜，她被蟒蛇咬死，她的丈夫用歌声打动了冥后普西芬尼，准其复生，条件是在带她返回阳世的路上不得回头看她。但她的丈夫未能做到，导致她重坠阴间。
2　伊西丝，古埃及的丧葬女神，也司众生之事，曾费尽周折找到被谋杀的丈夫奥西里斯的尸体，用魔法将他复活。
3　橄榄山（Montagne des Oliviers），耶路撒冷老城东部的一座山，耶稣和他的使徒常在此聚会。据《圣经》称，耶和华会在世界末日降临橄榄山。

方土地的召唤下飞走了。驱除了内心的欲望与意愿、看淡了荣耀与痛苦的释迦牟尼开始哭泣。于是，岩壁上长出了花朵。是的，有必要的时候，就请接纳石头吧。我们从面孔中获知的秘密与冲动，石头也能给予我们。这也许无法持久。但又有什么东西能够持久呢？面孔的秘密消散，而我们再一次被抛掷在欲望链条之上。如果说，与人心相比，石头不能给予我们更多，那么它至少能同样地公正。

"四大皆空！"数千年来，这声伟大的呼喊鼓动了数百万人奋起反抗欲望与痛苦。它的回声穿越一个个世纪、一片片大洋，一直荡漾至此时此地，才在这世界最古老的海洋上渐渐消失。这声音依旧在奥兰密集的峭壁间回响。此地的所有人都在不知不觉中遵循着这一建议。当然，这几乎是徒劳的。虚无并不比绝对更容易达到。然而，既然我们将玫瑰与苦难带给我们的永恒记号当作恩典来接收，那就也不要拒绝大地向我们发出的罕见邀约——邀约我们前去沉睡。前者具有与后者同等的真实性。

这也许就是这座梦游与疯癫之城的阿里阿德涅

之线。人们在那里习得某种无聊的临时特质。为了幸免，必须对弥诺陶洛斯说"是"。这是一种老套却效力十足的智慧。大海在红色峭壁的脚下寂静无言，而在大海的上方，人们只需站在左右两个浸于澄澈海水中的粗大海角间的中点，维持一种精确的平衡状态即可。一艘海岸巡逻艇匍匐在外海的水面上，沐浴在绚烂的光辉中。在汽笛声中，人们清晰地听见了某些光彩夺目的、具有非人力量的沉闷呼唤：那是弥诺陶洛斯在告别。

正午时分，白日正处于平衡状态。仪式完成，旅人收获解脱的奖赏：他从峭壁上拾起的那块小石头，干燥且如阿福花般柔和。对于这位新入教者而言，世界比这块石头更加沉重。阿特拉斯[1]的任务很简单，只需选定时辰即可。人们于是懂得，在一小时、一个月或一年的时间里，这几片海滩会沉湎于自由。它们胡乱地迎来僧侣、官员或征服者，甚至

---

1 阿特拉斯，希腊神话中的提坦神之一。因反抗主神宙斯失败，受到惩罚，在世界极西处用头和手顶住天。欧洲人常以他的画像装饰地图封里，至今称地图集为"阿特拉斯"。

顾不上看他们一眼。有段日子，我期待在奥兰街头遇见笛卡儿或切萨雷·波吉亚[1]。最后没能如愿。但其他人可能比我幸运。在过去，伟大的行动、伟大的作品、雄浑的沉思都需有沙漠或修道院的孤独。人们在其中度过一个个精神紧张的夜晚。而现在，当人们要行相同之事时，有哪个地点会比一座为了无精神之美而长久地建立的空虚城市更合适呢？

　　这便是那块小小的石头，如阿福花般柔和。它处于一切事物的开端。鲜花、眼泪（如果你坚持要把它加进来的话）、出发、斗争都是明天的事。在白日的中央，当天空在宽广有声的空间里打开它的日光喷泉，海岸线上所有的海角像是组成了一支等待启航的舰队。这些由岩石和光线做成的大帆船在自己的龙骨上颤动，仿佛正准备驶向阳光照耀下的岛屿。啊，奥兰地区的早晨！燕子从高原俯冲进空

---

1　切萨雷·波吉亚（César Borgia，1475—1507），意大利文艺复兴时期的军官，出身于显赫的波吉亚家族，是教皇亚历山大六世的儿子。他曾任红衣主教，后还俗，成为天主教历史上第一位主动请辞的神职人员。他和他父亲的所作所为使"波吉亚"这一名字在欧洲成为野心与不择手段的代名词。

气沸腾的无边水池中。整个海岸都已做好出发的准备，一阵冒险的震颤波及它的全身。也许明天，我们将一起出发。

（1939 年）

# 巴旦杏树

拿破仑曾对丰塔纳[1]说:"您知道我在这世界上最欣赏的是什么吗?是权力在缔造事物时的无力感。世界上只存在两种力量:刀剑与精神。从长远来看,刀剑总会被精神击败。"

由此可见,征服者有时候也会感到愁闷。获得那么多虚妄的荣耀,就该略微付出些代价。但一百年前适用于刀剑的真理,已不再适用于现如今的坦克。征服者不停地得分,无精神之地的死寂在这些年里笼罩在被撕裂了的欧洲上空。在可怕的战争席

---

1 路易·德·丰塔纳(Louis de Fontanes,1757—1821),法国作家、诗人。

卷佛兰德斯[1]的那个时代，荷兰的画家们也许仍可以静心描绘他们家禽饲养场里的公鸡。百年战争也已被遗忘，但西勒修斯[2]神秘主义的祷文依旧萦绕在少数人的心中。然而在今天，事情已经发生了变化，画家和僧侣都被动员起来：我们与这个世界团结一致。精神失去了使自己区别于征服者的那种高度自信；现在，它精疲力竭地咒骂权力，因为它不知该如何制服权力。

一些好好先生说这是一种病。我们不知道这是不是一种病，但我们知道这是一个事实。结论是：必须想办法解决。为此，我们只需知道自己想要什么即可。而确切来说，我们想要的是再也不在刀剑面前低头，再也不为不服务于精神的权力辩护。

---

1　佛兰德斯（Flandres），欧洲历史地区名，位于今法国西北部、比利时西部和荷兰南部，英法两国曾为争夺该地区爆发"百年战争"（1337—1453）。
2　安格鲁斯·西勒修斯（Angelus Silesius，1624—1677），原名约翰内斯·舍夫勒（Johannes Scheffler），德国神秘主义宗教诗人、神学家，出生于西里西亚，由新教改信天主教后致力于反对宗教改革，推广天主教教义。

的确，这是一项无止境的使命。但我们会在那儿，将它继续下去。我不怎么相信赞同进步的理性，也不相信任何一种历史哲学。但我至少相信，人类从未在对自己命运的觉悟上止步不前。我们不曾跳出我们的境遇，但我们越来越了解它。我们知道自己处于矛盾之中，但也知道自己应该拒绝矛盾，并尽我们所能地减少矛盾。

我们作为人的使命，在于寻找少许方法，来缓和自由灵魂的无尽焦虑。我们必须重新缝合被撕裂的东西，让公正在一个显然不公正的世界里重新变得可以想象，让幸福在那些深受本世纪厄运毒害的民族心中重新变得有意义。当然，这是一项超人的使命。但我们之所以称之为超人的，是因为它需要人类花上很长的时间才能完成，仅此而已。

因此，让我们了解清楚自己想要什么，让我们坚定精神信念，哪怕权力换上一副观念或享受的面孔来引诱我们。第一件事情是不要绝望。不要过于听信那些叫嚷着世界末日的人。文明不会那么容易就消失，而且，就算这个世界终将崩塌，那也会晚于别的世界。我们的确处于一个悲剧的时代，但太多人将悲剧与绝望混淆。"悲剧，"劳伦斯[1]说，"应当像是踢向厄运的重重一脚。"这才是一种健康的、可即刻应用的思想。当今有许多事物值得被这么踢上一脚。

我住在阿尔及尔的时候，总是在冬天里耐心等待，因为我知道，只消一个夜晚，只消一个寒冷而纯粹的二月夜，领事山谷中的巴旦杏树就会开满白色花朵。然后，我就惊奇地目睹着这片脆弱的雪抵抗一场场雨水的冲刷和海风的吹袭。然而每一年它都能坚持下来，坚持的时间恰好足以孕育果实。

那不是一个象征。我们无法依靠象征来赢得幸福，必须有更严肃的东西。我只是想说，有时候，当生活的负担在厄运依然横行的欧洲变得过于沉重，我会转身注意那些闪耀着光芒的国度，那里充

---

1 戴维·赫伯特·劳伦斯（David Herbert Lawrence，1885—1930），英国作家，代表作有《查泰莱夫人的情人》等。

盈着依然完好无损的力量。我对这些国度了解颇深，知道它们是天选之地，在那里，静观与勇气之间的平衡能得到实现。透过对这些典范的深思，我领悟到，要想拯救精神，就必须无视它哀怨的特质，激发它的力量与魔力。

这个世界深受厄运毒害，而且它似乎还乐在其中。它完全染上了这种被尼采称为"沉重的精神"的病。我们不要向它伸出援手。为精神流泪是徒劳的，我们只需为它劳作。

但精神的那些征服特质又在哪儿呢？又是尼采，将它们当作沉重的精神的致命敌人一一列举。在他看来，它们就是性格的力量、品位、"上流社会"、古典式的幸福、严酷的骄傲、智者那种冷淡的克制。

今日，我们比以往任何时候都更需要这些特质，而我们每个人都可以从中挑选出适合自己的一项。在艰巨的任务面前，希望我们无论如何都不要忘记性格的力量。我所说的力量并不是在选举台上蹙眉威胁的那种，而是以一身洁白与活力抵抗每一阵海风。正是此种力量，在世界的冬日中孕育着果实。

（1940 年）

在我看来，

只要世上还不存在任何与之相对的东西，

神明就始终欠缺些什么。

——琉善[1]《普罗米修斯在高加索山》

---

1　琉善（Lucien，约 125—约 192），古希腊散文作家、哲学家。

# 普罗米修斯在地狱

对今日的人类而言，普罗米修斯意味着什么？你也许会说，奋起反抗众神的他是当代人类的榜样，而数千年前发生在斯基泰荒漠中的那次崇高的反抗，已于当下这次前所未有的历史动乱中终结。然而与此同时，某些事情告诉我们，这位受迫害者继续存在于我们中间，而我们依然对他的大声疾呼，对他独自一人发起的人类反抗充耳不闻。

今日的人类的确在这块大地的狭窄表面遭受着巨大的痛苦。对于被剥夺了火与食物的他们而言，自由只是一种可有可无的奢侈品。对于这帮人而言，只要别让他们受更多的苦，一切都不成问题，正如对于自由的最后一批见证者而言，只有自由的消失——哪怕只是消失一点点——才会成为问题。普罗米修斯是深爱人类的英雄，他同时赠予人类火种与自由、技术与艺术。普罗米修斯自己则有着恰恰相反的特点，他无法将机器与艺术分开。他认为身体和灵魂可以同时得到解放。现在的人类认为首先应当解放身体，哪怕精神会暂时死亡。但精神真有可能暂时死亡吗？实际上，假使普罗米修斯返回人间，今天的人们会和当年的众神做同样的事：他们会把他钉在岩壁上，而且他们这么做甚至会打着以他为首要象征的人道主义旗号。到时候，敌人辱骂这位失败者的声音会与那部埃斯库罗斯悲剧[1]开场时响起的声音相同：强权和暴力的声音。

我向咨啬的时代、光秃的树、世界的寒冬让步了吗？可正是此种对光明的怀念给了我理由：它跟我谈起另一个世界，那是我真正的故乡。是否还有人能够体会到它的意义？战争年代，我应当启航，

---

1　此处指的是古希腊悲剧作家埃斯库罗斯（Eschyle，约前525—前456）创作的悲剧《被缚的普罗米修斯》。

沿着尤利西斯[1]的航迹旅行。在这个时代，就连贫穷的年轻人也能想出迎向光明、横渡大海的奢华计划。但我当时和每个人做的一样。我没有启航。我在那于地狱打开着的大门前踏步的行列里找了个位置。渐渐地，我们进入了地狱。当无辜者被杀的第一声尖叫响起，大门便在我们身后关上了。我们身陷地狱，再也出不去了。整整六年的漫长时光，我们试着与之和解。极乐岛上热情的幽灵只会在更漫长的岁月的末尾出现，还没有到来，既没有火，也没有阳光。

在这潮湿而黑暗的欧洲，当我们听见年迈的夏多布里昂[2]向正要启程前往希腊的安培[3]喊出这句话时，心中怎能不因遗憾和强装镇定而颤抖："我曾在

---

1　尤利西斯，罗马神话中的英雄，即希腊神话中的奥德修斯。他在特洛伊战争中献木马计，希腊军因而得以攻克特洛伊城。回国途中，他在海上漂流十年，历尽艰难险阻，终于返回故乡，与妻儿团聚。

2　夏多布里昂（Chateaubriand，1768—1848），法国浪漫主义文学先驱，代表作有《基督教真谛》《墓畔回忆录》等。

3　安德烈·马利·安培（André Marie Ampère，1775—1836），法国物理学家，对电磁学中的基本原理有重要发现。

阿提卡看见橄榄树枝繁叶茂，葡萄果实累累，但您此行连一片橄榄树叶、一颗葡萄果实都看不见。我怀念我那个时代的一草一木。我连让一株石楠存活下来的力量都没有。"而我们也一样，尽管流淌着年轻的血液，却也深陷于这个最后的世纪的衰老中。我们有时会怀念每个时代的草木，怀念再也见不到其本体的橄榄树叶，怀念自由的葡萄。人类无处不在，无处不在的还有他们的叫喊、他们的痛苦和他们的恐吓。在那么多聚集于此的生物中，不再有蟋蟀的位置。历史是一片不毛之地，长不出石楠。然而，今天的人类选择了历史，他们不能，也不应该转身离它而去。但人类并没有将历史变为自己的奴隶。相反，成为历史的奴隶的愿望在他们的心中日渐强烈。正是在这里，人类背叛了普罗米修斯，背叛了这位"思想大胆、心地善良"的先驱。正是在这里，人类回到了与普罗米修斯曾想要拯救的那群人相同的苦难境遇中。"他们视而不见，他们听而不闻，就像梦里的形体……"

是的，只需在普罗旺斯度过一夜，目睹那秀丽的山丘，嗅着那咸涩的气味，就能意识到一切都还有待我们去实现。我们必须重新发明火，重新设置各类职业以缓解身体的饥饿。阿提卡，自由及其果实，灵魂的食粮，这些都是以后的事。我们又能做些什么呢？除了对自己呐喊"它们都不会出现了"或是"它们只会出现在别人那里"，然后尽我们所能，以确保这群"别人"至少不会感到沮丧。我们痛苦地感知到了这些，却试着以一颗不怀苦涩的心接受它。所以，我们落后了吗？还是说，我们过于超前了？我们是否还会有力量来使石楠重生？

对于本世纪涌现的这一问题，我们试图用普罗米修斯的答案来回答。事实上，他早已公布了答案："凡人啊，我愿许你们以改革与修正，只要你们足够灵巧、足够正直、足够强大，足以亲手施行之。"所以，如果救赎真的掌握在我们手中，我会以"是"来回答这个世纪的疑问，因为我总能在我们认识的一些人身上感受到深思熟虑的力量和充满智慧的勇气。"正义啊，你是我的母亲，"普罗米修斯喊道，"可你看看他们对我做了什么，让我如此受苦。"而赫耳墨斯[1]则嘲笑这位英雄："作为预言者，你竟没有预见你如今正遭受的酷刑，这让我很惊讶。""我预见到了。"反抗者回答道。我方才提到的那些人，他们也是正义之子。他们在明知利害的情况下替所有人承受了苦难。他们深知，不存在盲目的正义，而历史不长眼睛，所以必须摒弃它的正义，尽其可能地代之以精神所孕育的正义。普罗米修斯由此重返我们的世纪。

神话本身没有生命。它们等待着我们将其具体化。只要世上有一个人回应了它们的召唤，它们就会为我们奉献上完好无损的活力。我们必须保护好这个人，确保他的沉睡不是致命的，这样他才有复活的可能。我有时怀疑，今天的人类已不可能被拯救。但我们仍有可能拯救这帮人类的孩子——既从身体上拯救，也从精神上拯救。与此同时，为他们提供幸福与美的机会，这也是可能的。如果我们不得不接受没有美及其所寓意的自由的生活，普罗米

---

1　赫耳墨斯，希腊神话中众神的使者，主神宙斯的儿子。

修斯的神话会同其他神话一道提醒我们，一切对人类的残害都只会是暂时的，若不全然捍卫人之为人的完整性，便无法真正捍卫其任何一面。如果他渴望面包和石楠，而面包的确是他最迫切的需要，那就让我们学会保存对石楠的记忆。在历史最黑暗的中心，普罗米修斯的子民们不会停止辛勤的劳作，他们会把目光停留在大地上，停留在不知疲倦的小草上。被缚的英雄在众神的电闪雷鸣中保持着对人类本身的无声无息的信仰。正因如此，他比他所处的岩壁更为坚硬，比来啄食他的鹫鹰更加耐心。比起反抗众神，对我们更有意义的是这种长久的执着，以及这种令人钦佩的从不区别对待、从不排斥一人的意志——它一直且将继续在人们痛苦的心灵与世界的春天之间实现和解。

（1946 年）

## 无历史城市的袖珍指南

阿尔及尔的温柔大多来自意大利。奥兰的残酷
色彩则带着西班牙的风格。君士坦丁坐落于鲁梅尔
河峡谷上方的岩壁上，让人想起托莱多。但西班牙
和意大利都充满了回忆，满是艺术品和可成为典范
的遗迹。托莱多也有属于它的格列柯[1]和巴雷斯[2]。而
我要谈论的城市则是没有过去的城市。因此，它们
也都是没有从容感、没有温情的城市。在无聊的午
睡时辰，那里的悲伤是无情的、不带有忧郁的。在
清晨的阳光中或夜晚的自然奢华里，快乐反倒是没

---

1　埃尔·格列柯（El Greco，1541—1614），西班牙文艺复兴时期画
家，出生于希腊克里特岛，后移居西班牙托莱多发展并逝世于此。
2　莫里斯·巴雷斯（Maurice Barrès，1862—1923），法国作家，曾
到托莱多旅行，并写下描绘托莱多和格列柯画作的文章。

有乐趣的。这些城市没有为思考提供任何东西，而将一切都给予了激情。它们既不是为智慧，也不是为细致的品位而建造的。巴雷斯或像他这样的人到了那里，一定会倍感压抑。

满怀激情（他人的激情）的旅客、过于神经质的智者、审美家和新婚夫妇从这阿尔及利亚之旅中一无所获。而且，除非有绝对的志趣，否则任何人都不会被推荐在此永久隐居。有时候，在巴黎，当我尊敬的人向我打听阿尔及利亚时，我很想大喊一声："别去那边。"这个玩笑有一定的道理。因为我很清楚他们对阿尔及利亚有什么期待，而这些期待是无法实现的。同时我也知道这个国度的魅力，它有一种狡诈的威力，能以奉承的方式留住逗留在那里的人们，使他们动弹不得，先剥夺他们质疑的能力，然后将他们催眠，让他们在庸碌的日常生活中度过一生。这道光如此明亮，以至于变成了黑白色，它的显现首先会带来窒息感。你会臣服于它，定居其中，然后你会发觉，这种过于长久的光辉对灵魂毫无益处，它只是一种无度的享乐。于是你想要回归精神。但这个国度的人们的厉害之处便在于此——他们拥有的更多的显然是感情，而非精神。他们可以成为你的朋友（那该是怎样的朋友啊），但他们不会成为你的知己。在我们身处的巴黎，人们可能会觉得这一点很可怕，因为在这里，人们的灵魂消耗巨大，而知心话会像水一样悄悄地、无休止地流淌于喷泉、雕像和花园间。

与这片土地最相像的是西班牙。但西班牙要是没有了传统，也只不过是片美丽的荒漠罢了。除非恰巧出生在那里，否则只有某类同好才会想要永远隐居于荒漠中。我出生在这片荒漠中，所以无论如何都无法像一个来客一样谈论它。当你深爱一个女人时，你会一条条地列举她的魅力吗？不会。恕我直言，你是从整体上爱着她，同时也爱她一两个具体的温柔可爱之处，譬如最令你动容的噘嘴表情，或是摇头的方式。因此，我与阿尔及利亚的羁绊由来已久，可能永远也不会结束，这让我无法对它保持全然清醒的认识。只有专心致志，我们才能近乎抽象地从我们所爱之人的身上分辨出我们所爱之处的细节。关于阿尔及利亚，我能在这里尝试写一写的就是这种课堂作业。

首先，那里的年轻人很美。当然主要是阿拉伯人，然后还有别的族群。阿尔及利亚的法国人是个混血族群，由各种意想不到的方式组合而成。西班牙人，以及阿尔萨斯人、意大利人、马耳他人、犹太人、希腊人，他们最终在那里相遇。和美国一样，这些唐突的混合方式产生了令人满意的结果。漫步于阿尔及尔时，请你看看妇女和年轻男子们的手腕，然后再想想你在巴黎地铁里遇见的那些人。

年轻的旅客还会注意到，那里的女人很漂亮。找到她们的最佳地点在阿尔及尔米什莱街的学院咖啡馆，前提是你要在四月礼拜天的早晨到那里。成群结队的少女脚踏凉鞋，身着面料轻盈、颜色鲜艳的衣服，穿梭于街头巷尾。你可以无所顾忌地欣赏她们：她们就是为此而来的。奥兰加列尼大道的辛特拉酒吧也是个不错的观景台。在君士坦丁，你可以一直在响着音乐的报刊亭周围漫步。不过，由于离大海有数百公里，你在那里遇见的女子可能会稍逊一等。总体而言，由于其地理位置，君士坦丁提供的乐趣更少，但那里的无聊却有着更上等的质地。

如果旅客在夏季抵达，他要做的第一件事肯定是前往城市周围的海滩。他会在那边看到同样的年轻人，但更为靓丽，因为穿得更少。太阳给了她们大型动物般惺忪的眼睛。在这一点上，奥兰的海滩是最美的，因为那里的自然风光和女人都更加狂野。

就景观的别致之处而言，阿尔及尔显出一副阿拉伯城市的模样，奥兰则是个黑人村落，君士坦丁是个犹太街区。阿尔及尔有一条由林荫道组成的项链，戴在大海上，是夜间散步的好去处。奥兰的树很少，但有着世界上最美丽的石头。君士坦丁有一座吊桥，你可以在那里拍照留念。在大风天里，吊桥会在鲁梅尔河峡谷的上方摇晃，你能在那里体验到危险的感觉。

如果生性敏感的旅客来阿尔及尔，我会建议他去港口的拱廊喝茴香酒，早晨去渔人码头吃刚收获的用炭炉烤制的鱼；到"里拉琴"街上一家我已记不起名字的小咖啡馆里听阿拉伯音乐；傍晚六点去市政广场，在奥尔良公爵雕像的脚下席地而坐（这不是为了瞻仰公爵的雕像，而是因为那里人多，适合待着）；去海边的帕多瓦尼饭店用午餐，那是一个吊脚楼式样的舞厅，那里的生活总是很轻松；去拜访阿拉伯人的公墓，首先领略那里的宁静与美，接着为这些用来寄存死者的丑陋城郭估量价值；去卡斯巴哈老城肉贩街，在一堆血淋淋的脾脏、肝脏、肠系膜和肺中间抽一根烟（抽烟是必需的，因为这幅宛如中世纪的场景气味很重）。

除此以外，你必须知道，在奥兰要说阿尔及尔的坏话（要特别强调奥兰港在商业方面的优越性），在阿尔及尔则要嘲笑奥兰（毫无保留地接受奥兰人"不懂得生活"的观点），以及在任何场合都要谦虚承认阿尔及利亚比法国本土更优越。一旦做出这些让步，你就有机会领略到阿尔及利亚人相对于法国人的真正优越性，即无限的慷慨和与生俱来的好客。

我的讽刺也许可以到此为止了。毕竟，谈论我们所喜爱的事物的最好方式是轻描淡写。关于阿尔及利亚，我总害怕触及我内心那根与它相连的琴弦，我熟知这根琴弦所弹奏出的盲目而深沉的曲调。但我至少可以大大方方地说，它是我真正的祖国，不管在世界的哪一个角落，我都能从那迎面把我攫住的友好笑声中认出它的儿子和我的兄弟。是的，我对阿尔及利亚城市的热爱与生活在其中的人们密不可分。这就是为什么我更喜欢在傍晚时分去那里。那时，街上还是一片漆黑，叽叽喳喳的人群从办公室和宅邸中倾泻而出，最终流向海滨的各条林荫道。夜晚降临，天空中的光亮、海湾中的灯塔、城市中的电灯渐渐融为一体，以相同的节拍模模糊糊地闪烁着。人群随之静默下来。整整一群人就这样聚集在水边，一千种孤独从人群中喷涌而出。非洲的漫漫长夜、庄严的放逐、绝望的兴奋由此开启，它们等待着孤独的旅客……

不，如果你觉得你的内心不够热烈，如果你的灵魂是头不幸的野兽，那就绝对不要到那里去！然而，对于那些知晓是与否、正午与午夜、反抗与爱情之间裂隙的人而言，对于那些最终爱上了海滨柴堆的人而言，一道火焰正等待着他们。

（1947 年）

# 海伦 [1] 的放逐

地中海的悲剧是阳光明媚的，而非雾气弥漫的。某些傍晚，在山脚下的海边，夜晚降临于小小海湾的完美弧线上，一种饱满的不安感从寂静的水面升起。我们由此可以看出，希腊人如果曾经感受过绝望，那也是通过美以及美的压迫感而实现的。在这金色的厄运中，悲剧抵达高潮。我们的时代却恰恰相反，它的绝望是从丑陋和动荡中滋生的。这就是欧洲丑陋的原因，其苦难历来是丑陋的。

我们将美放逐，希腊人却为它拿起武器。这是第一项差异，可以追溯到很久以前。希腊思想向来

---

1　海伦，希腊神话中的美人，是美的象征，斯巴达王墨涅拉俄斯之妻。特洛伊王子帕里斯将她诱走后引发了特洛伊战争。

固守界限的观念。宗教也好，理性也罢，它不将任何事物推向极端，因为它也不否定任何事物，不管后者是宗教还是理性。它不偏不倚，平衡黑暗与光明。我们欧洲则相反，企图征服全体，是过度之女。它否定美，否定一切不受它推崇的东西。尽管手段多样，但它只推崇一样东西，即属于理性的未来帝国。它在癫狂中将界限往外推移，而黑暗的厄里倪斯[1]即刻向它袭来，将它撕碎。涅墨西斯[2]时刻警戒着，她其实是限度的女神，而非复仇女神。所有越界者都将遭受她无情的惩罚。

花了几个世纪思考何为正义的希腊人，根本无法理解我们的正义观念。对他们而言，公平必须以界限为前提，而我们整个欧洲大陆却热衷于寻找一种全面的正义。在希腊思想的萌芽时期，赫拉克利特[3]就已经想到，正义应为物质世界本身设立界限。

---

1  厄里倪斯，希腊神话中三个复仇女神的总称。
2  涅墨西斯，希腊神话中的复仇女神。
3  赫拉克利特（Héraclite，约前540—约前480与前470之间），古希腊哲学家，爱菲斯学派的创始人。

"太阳不会逾越其界限，否则就会被守护正义的厄里倪斯发现。"[1]而我们的世界和精神却脱离了运行的轨道，进而对这种逾界的威胁一笑置之。我们在一片狂醉的天空中点亮一个个我们想要的太阳。但这不妨碍界限的存在，也不妨碍我们知晓这一点。我们的精神最错乱的地方在于，我们梦想着一种曾被我们抛在脑后的平衡，天真地相信，我们将在错误的尽头找回这种平衡。这是一种幼稚的推断，证明我们今天的历史是由一些继承了我们的癫狂的不成熟民族所引领的。

赫拉克利特还曾写就这样的简短片段："推断，是进步的倒退。"比这位爱非斯学派哲学家晚了好几个世纪的苏格拉底，在面临死刑威胁时只承认自己有一个优越之处：他不认为自己了解自己所不了解的事物。这几个世纪中最堪称楷模的人物和思想都骄傲地承认了自己的无知。我们忘记了这一点，因而也忘记了我们的活力。我们更喜欢假装伟大的

---

1 伊夫·巴蒂斯蒂尼译。——作者注

力量，首先是亚历山大大帝，然后是罗马的征服者，我们的教材编写者怀着无比卑劣的灵魂，竟教我们去仰慕他们。我们创下了属于我们自己的征服功绩，我们挪动了界限，掌控了天空与大地。我们的理性制造了空虚。最后，形单影只的我们在荒漠上建起了我们的帝国。自然与历史、美、善相平衡，数字的音乐甚至进入了流血的悲剧中——在此般高级的平衡面前，我们还能有怎样的想象力？我们背弃自然，我们以美为耻。我们卑劣的悲剧散发着办公室的气味，它们流淌出的血液呈现出油性墨水的色彩。

正因如此，今天的我们自称为希腊的子弟是不适当的。或者说，我们是希腊的变节子弟。将历史捧上上帝宝座的我们正在向神权统治迈进，和那些被希腊人称作蛮族并在萨拉米斯岛[1]海域与希腊人死战的人别无二致。你若想深入理解我们与希腊之间

---

1 萨拉米斯岛（Salamine），希腊阿提卡地区的一个岛屿。第二次希波战争中，希腊各城邦组成的联合舰队曾在其附近的海域与波斯海军交战。

的差异，那就应该向我们哲学家中的某一位请教，他是柏拉图真正的敌手。"只有现代城市，"黑格尔放肆地写道，"才能为精神提供一个供它认识自身的场所。"我们就这样生活在大城市时代。世界被刻意截去了使之永恒的那一部分：自然、海洋、丘陵、傍晚的沉思。意识只存在于街道上，因为历史只存在于街道上，这就是法令。而我们最重要的文艺作品也遵循这一法令，见证了同样的情形。自陀思妥耶夫斯基以来，我们在欧洲文学的伟大作品中再也找不到对自然风光的描写。历史既无法解释先于它存在的自然世界，也无法解释高于它的美。它于是选择将它们忽略。柏拉图海纳百川，荒谬、理性和神话尽含其中，而我们的哲学家却只能容纳荒谬或理性，因为他们对其他的东西都视而不见。鼹鼠在沉思。

开始用灵魂的悲剧取代对世界的沉思的，正是基督教。但它至少会援引精神性的概念，以此来维持某种固定性。而如今上帝已死，只有历史和力量尚存。长期以来，我们哲学家的所有努力都旨在用情境的概念取代人性的概念，用偶然的无序冲动或理性的无情运动取代旧时的和谐。希腊人为意志设下理性界限，而我们最终却将意志的冲动置于理性的中心，从而使理性变得凶残。在希腊人看来，价值先于任何行动而存在，它精确地表明了行动的界限。现代哲学却将价值置于行动的末端。价值并不是自己存在的，它是被造就的，而只有等到历史结束之时，我们才能完整地认识它。与这样的价值相随的，便是界限的消失。而由于对它们将成为怎样的价值有着不同的看法，由于没有了这些价值的约束，斗争必会无限延伸，我们目睹了今日各种弥赛亚主义之间的互相对立，它们的喧嚣消散于帝国的冲突之中。赫拉克利特说，过度是一场大火。火势蔓延，超越了尼采。欧洲不再用锤子[1]思考，而是用枪炮。

但自然始终在那里。它用平静的天空和理性对

---

1　此处指尼采在《偶像的黄昏》中写到的，试图重估一切价值的"哲学之锤"，也就是对传统价值的批判和审视。

抗人类的疯癫。直到连原子都着了火，历史在理性的胜利和人类的垂暮中终结。希腊人从未说过界限不能被跨越。他们强调的是存在的界限，而胆敢跨越它的人会遭受无情的惩罚。今日的历史中没有任何东西能够反驳他们。

历史精神与艺术家，两者都想重塑世界。但艺术家的本性决定了他知晓自己的界限，而历史精神不知。这就是为什么后者的意图指向暴政，而前者的激情指向的是自由。今天所有为自由而斗争的人，归根结底都是在为美而斗争。当然，我们不是为了美本身而去捍卫美。美离不开人，而我们只有在时代的不幸中追随时代，才能为它注入伟大与宁静。我们再也不会形单影只。但人类同样也离不开美，而这正是我们的时代假装想要忽视的。我们的时代绷紧全身，以求达至绝对，支配一切；它想在耗尽世界之前改变世界的面貌，在理解世界之前安排世界的秩序。无论它怎么为此辩护，它都背弃了这个世界。在加里普索[1]家中，尤利西斯可以在永生和返回故土之间做选择。他选择了返回故土，以及与之相伴的死亡。如此简单的伟绩对今日的我们而言是陌生的。别人会说我们缺乏谦卑。但"谦卑"一词总的来说是模棱两可的。我们和陀思妥耶夫斯基笔下那些吹嘘一切，攀上星空，最后一下子就露了馅的小丑没有什么不同，我们只是缺乏坚守自身界限的骄傲，以及对自身境遇的清醒的爱。

"我恨我的时代。"圣埃克絮佩里[2]生前曾写道。他恨时代的原因与我前文所述的相差无几。然而，无论这声出自一个热爱人类一切优秀品质的人的呐喊有多么振聋发聩，我们都不会全盘接受。但在某些时候，引导我们转身离开这个阴暗、憔悴的世界

---

1 加里普索，希腊神话中的女神，住在海岛上，奥德修斯（尤利西斯）从海上漂流归国时在该岛沉船，被她救起。她爱上了奥德修斯（尤利西斯），许诺说只要他留下就给予他永生，但遭到拒绝，因为他依然思念着故乡的妻子。最后加里普索只好用魔法迷惑奥德修斯（尤利西斯），将他留居了七年。

2 安托万·德·圣埃克絮佩里（Antoine de Saint-Exupéry，1900—1944），法国小说家，曾任职业飞行员，代表作有《小王子》《夜航》等。

的诱惑又是那么大！可这个时代终究属于我们，我们不能一边生活，一边又憎恨自己。它之所以如此堕落，只是因为它的美德太多，缺点也太多。我们会为拥有古代美德的时代而战斗。具体而言是哪一种美德呢？帕特罗克洛斯[1]的战马为其战死的主人流泪哀悼。大势已去。但阿喀琉斯继续战斗，终获胜利，因为方才挚友被杀死了：友谊是一种美德。

无知被承认，狂热遭弃绝，世界与人类的界限被设下，脸庞受到喜爱，美最终降临，我们将在这样的一座军营里加入希腊人的行列。从某种意义上说，明天，历史的意义并不像我们以为的那样。它蕴含于创造与审问的斗争中。无论艺术家们将因手无寸铁而付出怎样的代价，我们都可以期待他们凯旋。黑暗哲学将再次消散于波光粼粼的海面上。啊，正午的思想，特洛伊战争在远离战场的地方打响！

---

1　帕特罗克洛斯，希腊神话中的人物，英雄阿喀琉斯的好友。在特洛伊战争中被赫克托耳所杀，其尸体被墨涅拉俄斯奋力夺回。他的死促成了阿喀琉斯与阿伽门农和解，重返战场，杀死赫克托耳，为他报仇。

这一次，现代城市的可怕城墙仍将崩塌，从而解救海伦的美——那"如宁静之海般安详的灵魂"[1]。

（1948 年）

---

1　这是埃斯库罗斯的悲剧《阿伽门农》中描述海伦美貌的句子。

# 谜

成片的阳光从天顶倾泻而下，在我们周围的原野上猛烈地弹跳。在这喧嚣面前，一切都沉默不语。而那边的吕贝龙山只不过是一团巨大的寂静，我一刻不停地倾听着。我伸长耳朵，远处有人向我奔来，无形的朋友召唤着我，我的欢乐滋长，就像多年前一样。一个快乐的谜再次帮我理解一切。

世界的荒诞在哪里？它是这片光辉还是对缺失光辉的回忆？回忆里充斥着那么多阳光，我当时怎么会把赌注押在荒谬上呢？我周围的人都为此而讶异；有时，我自己也会为此而讶异。我可以回答他们，以及回答我自己：正是太阳帮助了我，它的光芒绵密地交织，将世界及其形式凝结在一片晦暗的眩光之中。但也有其他的说法。而我想在这一直被我视为真理之光的黑白分明的光明之前，简单解释一下这种荒诞。我对它太过熟悉，以至于无法忍受别人粗糙地议论它。毕竟，只要谈论它，我们便会被再次带到阳光之下。

　　没有人能说出自己是什么。但他有时能说出自己不是什么。人们都希望仍在找寻的人已经得出了结论。千百个声音已经告诉过他找到了什么，但他明白，这不是他要找的东西。继续寻找，不管别人的风言风语？当然。但必须时不时地为自己辩护。我不知道我在找寻什么，我小心翼翼地为它命名，我又推翻前言，我重复，我前进，我后退。可人们一定要我一劳永逸地为它们取好一个个名字，或者取个相同的名字。我于是起身反抗；东西被命名，不就意味着它已经丢失？这至少是我试图说的话。

　　据我的一个朋友说，男人总有两种性格，一种是他自己的，另一种是他妻子一厢情愿地以为的。把这句话中的妻子换成社会，我们就能意识到，一句被作家用来在特定语境下阐述某个观点的警句，很可能会被评论者从语境中抽离出来，然后，每当作家想要谈论其他事情的时候，评论者就又会把它递到他面前。言语犹如行动："那个孩子是您生的吗？""是的。""所以他就是您的儿子咯。""没那么简单，没那么简单！"于是，奈瓦尔[1]在一个糟糕的夜晚上吊了两次。第一次是为了自己，因为他身处不幸之中；第二次是为了关于他的传说，现在有些人就靠这些传说过日子。没有人能写出真正的不幸，某些幸福也是如此，所以我在这里就不多尝试了。但就传说而言，我们可以描述它，然后，至少在片刻的时间里，假想自己已经驱散了它。

　　作家写作在很大程度上是为了被阅读（对于那些持相反说法的人，就让我们对他们表示敬意，但不要相信他们）。然而，我们国家的作家越来越倾向于为了最后能走红而写作，而走红意味着他的作

---

1　热拉尔·德·奈瓦尔（Gérard de Nerval，1808—1855），法国浪漫主义作家、诗人，代表作有《火的女儿》《幻象集》等，1855年自杀身亡。

品不会被阅读。事实上，自从作家可以为大众报刊上的特写文章提供素材的那一刻起，他就有很大的机会被相当多从未读过他作品的人所熟知，因为这帮人仅仅满足于知道作家的名字，以及读一些旁人写的关于他的文章。从此，让他名扬四方（或被遗忘）的不再是他本人，而是记者为他匆忙塑造的形象。为了在文坛扬名立万，大量地写作已不再是必要的了。只需被大众认为写过一部会被晚报议论、足以终身安享的作品就足够了。

当然，这样的名声无论大小，终有一天会被篡夺。但又有什么办法呢？不如坦然接受这种缺陷，因为它也有可能会带来好处。医生知道，有些疾病是值得一患的：它们能以特有的方式调理功能性紊乱；没有它们的话，功能性紊乱会演化为更严重的生理失调。因此，有的便秘和关节病是能带来福气的。今日，文字与草率见解如洪水般泛滥，淹没了一切公共活动，汇聚成一片轻浮的大洋。这至少教会了法国作家一种谦卑的态度。而在这样一个把作家这一职业看得太重的国家里，作家永远需要这样的谦卑态度。要让自己的名字出现在两三份为我们所熟知的报纸上，这是项十分艰难的考验，以至于它不可避免地会为灵魂带来些许益处。所以，请赞美这样的社会吧——它只收取很低的学费，却每天都以致敬的形式教育我们：它所致敬的那些伟大的人或事其实什么都不是。它所制造的喧嚣，声响越大，消失得也就越快。这喧嚣让人想起教皇亚历山大六世常在面前点燃的那束麻絮火焰[1]，为的是提醒自己不要忘记，这尘世的荣耀如过眼云烟。

反讽就到此为止吧。为了我们的目的，我们只需说，一个艺术家应当心甘情愿、满心欢喜地在牙科诊所或理发店的前厅留下一个与他不相配的形象。我认识一个时髦的作家，据说他每天晚上都要主持狂欢聚会，这些聚会上总是烟雾缭绕，仙子们脱得只剩自己的头发，牧神的指甲带着死亡的气息。人们一定会问，他哪有时间写一部占据图书馆书架

---

1　废麻料燃烧起来非常激烈，但不持久，因而法语中会用"废麻之火"（feu d'étoupes）来形容激烈却转瞬即逝的事物。

的作品？实际上，这位作家和他许多同行一样，也在夜里睡觉，以保证白天能够在桌前长时间地工作；也喝矿泉水，以保护肝脏。但这不妨碍以狂热的节制和多疑的洁癖著称的普通法国人觉得，我们的一位作家正在教他们醉酒狂欢和从不洗澡。他们为此愤愤不平。这样的例子不胜枚举。我个人可以提供一个以极小的代价赢得苦行声誉的绝佳秘诀。的确，我也身负这种名声的重担，这常常让我的朋友们感到好笑（对我而言，不如说是感到羞耻，因为这名声是我篡夺来的，我很清楚这一点）。举个例子，你只需拒绝和一个不受你尊敬的报纸编辑共进晚餐即可。的确，如果灵魂没有点扭曲的缺陷，就连最基本的体面也无法设想。没人会想到，你之所以拒绝和那编辑共进晚餐，不仅仅可能是因为你不尊敬他，还有可能是因为你比世上所有人都害怕无聊——而又有什么能比典型的巴黎式晚餐更无聊的呢？

因此，只能屈服。但我们偶尔也可以试着修正一下射击的方向，反复地说我们不可能永远做个荒诞的画家，以及没人会相信一种绝望的文学。当然，写作或写就一篇关于荒诞的概念的文章，这永远是可能的。毕竟，即使你不曾在你不幸的姐妹面前兽性大发，你也可以写乱伦。而且我也不曾在任何地方读到索福克勒斯有过弑父或玷污母亲的行径。认为每个作家都一定会在书中书写自己、描绘自己，这是浪漫主义遗留给我们的幼稚观念。相反，艺术家完全有可能首先对他人、对时代、对家喻户晓的神话感兴趣。即使有时候他把自己搬上舞台，也很少讲述自己的现实状况。一个人在作品中描绘的往往是他的怀念或欲念，几乎从不讲述自身的故事，尤其是当他声称自己的作品具有自传性质时。

从来没有人胆敢依照原样描绘自己。

若有可能，我倒是愿意成为一个客观的作家。我所说的客观指的是一个作家能在选择写作主题时从来不将自身当作写作对象。但将作家与其写作主题混同的当代风潮却不会允许作家拥有此种相对的自由。我们于是变成了荒诞的先知。可是，除了阐释我在我的时代的街头巷尾发现的一个观念以外，我还做了些什么呢？显然，我还和我们这一时代的人一起培育了这个观念（我的一部分直至现在仍在培育它）。我只是在它跟前，与它拉开足够的距离，以便处理它，决定它的逻辑。我后来得以写下的一切都清楚地表明了这一点。但使用固定的语言比使用千变万化的细腻辞藻要更加容易。我选择了固定用语，所以我又变得和以前一样荒诞。

在我感兴趣并偶然写下来的经历中，荒诞只能被视作一个起点，即使关于它的记忆和情感与后续的内容如影随形——可我说这些又有什么用呢。同样，仔细权衡来看，笛卡儿式的有条有理的方法论怀疑不足以让笛卡儿本人成为怀疑论者。无论如何，我们都不能将自己局限于这样的观念：认为一切都没有意义，认为我们必定陷入绝对的绝望。在不触及事物本质的情况下，我们至少可以指出，正如世上不存在绝对的唯物主义，世上也不存在完全的虚无主义。因为单单为了组出"绝对的唯物主义"这个词语，就必须承认世上除物质以外还存在着其他事物。"完全的虚无主义"一词亦然。自我们声称一切都无意义的那一刻起，我们就已陈述了一些有意义的东西。拒绝世界的一切意义意味着否定一切价值判断。但活着，例如吃饭，本身就是一种价值判断。只要我们不让自己死去，我们就选择了活下去，于是我们从中识别出一种生命的——或者说至少是与生命有关的——价值。一种绝望的文学到底意味着什么？绝望是寂静的。但如果用眼神交流，那么寂静本身终究蕴含着某种意义。真正的绝望是末日、坟墓或深渊。如果它开口说话，如果它开始思考，尤其是如果它下笔写作，那么我们的弟兄会立刻向我们伸出援手，树木就会立刻得到辩护，爱就会立刻诞生。一种绝望的文学在词汇用语层面是一个矛盾体。

当然，乐观主义并非我的作风。我和我的同龄人都在第一次世界大战的鼓声中长大，从那时起，我们的历史就一直等同于谋杀、不公或暴力。但真正的悲观主义的确存在，它让本就已经泛滥的残酷与无耻更上一个台阶。就我而言，我从未停止与这种可耻现实作斗争，而我只憎恨残酷的事物。我只不过是在我们的虚无主义的最黑暗处，找寻超越这种虚无主义的理由。而这并非出于美德，也不是出于罕见的灵魂升华，而是出于对某一道光的本能的忠诚。我就出生于此道光之中；千百年来，人类在这道光中学会了，即使身处苦难，也要向生命致意。埃斯库罗斯常常让人绝望，但他却散发着光与热。我们在他的宇宙中心所发现的，并非干瘪而无意义的荒谬，而是一个谜，即一种因为耀眼而难以解码的意义。同样地，希腊那些不肖却始终忠诚的子嗣，他们仍在这凋敝的时代幸存，我们的历史的灼痛或许难以承受，但他们终究承受了下来，只因渴望理解这痛楚。在我们作品的中心，无论多么漆黑，都有一个取之不尽，用之不竭的太阳在闪耀，它与今天在平原和丘陵之上呐喊的太阳是同一个。

在这之后，废麻之火就会燃起。到时候谁又会在乎我们的模样，在乎我们篡夺了什么呢？我们现在的样子，我们将要成为的样子，已足够填满我们的生活，占据我们的努力。巴黎是座奇妙的洞穴，生活在其中的人们看见自己的影子在深处的岩壁上摇晃，便把这影子当作唯一的实在。这座城市所具有的奇特而短暂的名声也是如此。但我们在远离巴黎的地方发现，我们的背上有一道光，我们必须抛开束缚，转过身，才能直面它。我们还发现，我们死去之前的任务便是穷尽辞藻，试着为它命名。每个艺术家无疑都在探求自己的真理。如果他是伟大的，那么他的每件作品都会使他更接近真理，或者至少让他在更近的轨道上绕着那中心旋转，而那中心便是被埋藏的太阳，它终有一天会现身，然后熊熊燃烧。如果他是平庸的，那么他的每件作品都会使他更远离真理，中心于是无处不在，光芒被分散了。然而，在艺术家锲而不舍的探求中，唯一能帮助他的人是那些喜爱他的人，以及那些喜爱他，同时自己也从事创作，因而能在自己的激情中找到一切激情的尺度，知道如何评价的人。

是的，所有这些喧嚣……真正的安宁本应蕴

于静默的爱与创造！但人须学会忍耐。再等待片刻吧——烈日终将封缄所有唇舌。

（1950 年）

你曾怀着一颗狂躁的心从父辈的土地上启程远航，

穿过了海上的双石[1]，

而如今你定居异乡。


——欧里庇得斯《美狄亚》

---

1 双石可能指的是博斯普鲁斯海峡的一对岩石，它们扼守着黑海的出口。

# 重返提帕萨

在阿尔及尔，雨在连绵不断地下了五天后，终于把海也打湿了。因太过绵密而显得黏稠的骤雨从似乎不会干涸的天空倾泻而下，击打在海湾上。灰蒙蒙的大海柔软得像块海绵，在已看不清轮廓的海湾里肿胀起来。然而，在恒久的雨中，水面看起来几乎是纹丝不动的。要隔上好长一段时间，才会有一阵难以觉察的巨大涌动，在大海上方扬起一阵雾气。雾气飘向海岸，将港口笼罩。港口上方环绕着一条条潮湿的林荫道。城市的每一堵白墙都流淌着水汽。它呼出另一股雾气，两股雾气相遇。于是，你无论转向何方，似乎都在呼吸着水，空气终于能供人饮用。

在被水汽笼罩着的大海前，我行走着，等待着。

十二月的阿尔及尔对我而言宛如夏天的城市。我逃离了欧洲的夜晚，冷漠的面孔。可就连这座夏日之城也没了欢声笑语，它呈现给我的只有佝偻的、光亮的脊背。每天傍晚，在我躲藏的那家灯火通明的咖啡馆里，我从一张张认识却叫不出名字的脸庞上读出我的年岁。我只知道，这些脸庞和我一样，都曾是年轻的，而现在它们已不再如此。

可我依旧执着，尽管不太清楚自己在等待什么，也许是重返提帕萨的时刻吧。回到年轻时待过的地方，想在四十岁时重温曾在二十岁时喜欢或极度享受的东西，这诚然是件十分癫狂的事，几乎一定会受到惩罚。但我富有应对此种癫狂的经验。我已回过一次提帕萨，那是在战争结束后不久。对我而言，战争标志着青春的终结。我想，那时的我希望在那里找回一种无法忘怀的自由。的确，二十年前，在那个地方，我常漫步于废墟间，呼吸苦艾的气味，靠在石头上取暖，寻找挨过了春天、很快就要凋零的小玫瑰花，就这样度过一整个上午。直到正午时分，直到那连知了都合上了嘴巴的昏睡时辰，我才会在烈日吞噬一切的熊熊火光面前落荒而逃。晚上，我有时会睁着双眼躺在流淌着星河的天空下。那时，我享受着生活的乐趣。十五年后，我再次回到了废墟，它离最近的海浪只有几步之遥。我沿着那座已被遗忘的城市的街道走着，穿越长满苦涩树木的田野，来到俯瞰海湾的山丘上，再度抚摸那泛黄的立柱。但如今废墟已被铁丝网包围，人们只能从正门入口进入。此外，也许是出于道德方面的考虑，那里禁止晚间散步；白天也会有官方的安保人员值班。那天早晨，也许是出于偶然，整片废墟都下着雨。

我迷失了方向，在孤寂而潮湿的田野上行走着。至少，我在试着找回那股直至现在依然忠于我的力量。当我意识到自己无法改变现状时，这股力量能促使我接受现状。而我的确无法回到过去，将世界的脸庞恢复至我曾经喜欢的模样。那脸庞在很久以前的某天消失了。1939 年 9 月 2 日，我其实本应启程前往希腊的，但我没有去。相反，战火降临在我们头上，后来甚至还燃烧至希腊。那一天，在积满黑水的石棺前，或在湿漉漉的柽柳下，我在自己身上再一次发现了这种距离，这些将火热的废墟与铁丝网隔开的岁月。我一开始是在美景中被抚育成人的，我的人生开启于丰盈之中。然后，铁丝网接踵而至——我指的是暴政、战争、秘密警察、反抗的时代。我不得不与黑夜打交道，因为白日的美只是回忆。而在这泥泞的提帕萨，就连回忆也变得模糊不清。这关系到的可是美、丰盈和青春！在熊熊火光下，世界倏然显出它的皱纹与伤口，或新或旧。它在转瞬之间老去，我们也一样。我清楚地晓得，我来此地找寻的那种冲动只能激励那些不知道自己将一往无前的人。纯真若荡然无存，爱也将无影无踪。纯真到哪里去了？帝国崩塌，不同的国家和人民互相撕咬；我们的嘴遭到玷污。起初，我们都是纯真者而不自知；现如今，我们都是有罪者而不意之：科学愈加进步，奥秘却愈加膨大。这就是为什么我们都那么关心道德伦理——唉，太可笑了。衰微的自我竟梦想拥有美德！在纯真年代，我不知有道德伦理存在。我现在知道了，却已无法达到它的标准。漫步于我以前喜欢的海角中，徜徉于废弃神庙潮湿的立柱间，我觉得自己似乎正跟在某个人身后行走，我依旧能听到他踩在石板和马赛克上的脚步声，只是，我再也无法追上他。我又去了巴黎，在那里待了几年后才回家。

然而，在那么多年里，我一直隐约感到自己缺失某样东西。当你一旦有幸深爱上了什么，你的生命就将在一次次追求这种炽热与光芒中度过。弃绝美和与美相连的感官幸福，专一地为苦难服务，这需要有一种我所欠缺的高风亮节。但不管怎样，凡是强迫我们排斥一方的，皆非真实。孤立的美最终只能以面目狰狞收场，孤立的正义最终只能以压迫收场。如果一个人只想专一地服务一方而排斥另一方，那他其实没有为任何一方服务，包括他自己，而且最终将加倍地为不公服务。终有一天，由于僵化，一切都不再令人惊奇，一切都已被知晓，生活又要从头开始。那便是放逐的时刻、生命干涸的时刻、灵魂死亡的时刻。要想重生，必须有一种恩典、自我遗忘或一个故乡。某些清晨，在街头的转角，一滴露水坠落在心上，然后蒸发。但清凉犹在，它一直是心之所求。我不得不再度出发。

于是，我第二次回到阿尔及尔，依旧行走在同样的骤雨中。在我看来，这场雨自我离开以后便没有停止过。当时的我以为，我离开后就再也不会回来。而如今，站在这片弥漫着雨与海的味道的巨大忧郁的中央，尽管天空有雾霭笼罩，一个个脊背在阵雨下逃窜，咖啡馆昏黄的灯光如硫化物般腐蚀着人们的脸庞，可我依旧执着地怀揣着希望。而且，难道我不知道，阿尔及尔的雨尽管看起来永不停歇，却会在转瞬之间停止？就像我故乡的那些河流，会在暴涨两个小时、摧毁数公顷良田后，突然干涸。的确，雨在某个傍晚停了下来。我又等了一个晚上。一个水灵灵的清晨在纯净的大海上升起，闪着耀眼的光芒。天空如新芽般清新，雨水已将它清洗了一遍又一遍，它最精细、最澄澈的纹理在这一次接一次的洗涤中被还原出来。一道摇曳的光芒从天空倾泻而下，为每一座宅邸、每一棵树都添上了一副突出的外形，换上了一套神奇的新装。在世界诞生的那个清晨，大地也一定是在同样的光芒中突然出现的。我又一次踏上通往提帕萨的道路。

对我而言，在这长达六十九公里的路程中，没有一公里不覆满回忆与感受。暴力的童年、大巴轰鸣声中的少年梦想、清晨、纯洁的少女、海滩、总是跃跃欲试的年轻身体、一颗十六岁的心中淡淡的忧愁、生活的欲望、荣耀，以及多年来始终如一的天空——它的力量与光芒取之不尽，本身也贪得无厌，在连续数个月的时光里，每当正午葬礼时刻来临，便将钉在海滩十字架上的牺牲品一个接一个地吞噬。这条道路从萨赫勒[1]及其遍布青铜色葡萄园的山丘延伸而来，当它开始向海岸下降，我立刻在地平线尽头认出了这一片海。它也始终如一，在清晨时分几乎无法被辨认出来。但我没有停下来看它。我想再一次见到舍努阿山，这座厚重而坚实的山被勾勒成一团，沿着提帕萨海湾向西延伸，最终降入海中。早在你抵达之前，就能远远地看到它，它像一团蓝色的薄雾，与天空交融在一起。但当你一步

---

1 萨赫勒，非洲苏丹草原带北部地带。

步向它靠近，雾气也就渐渐凝结，直至与周遭的海水同色，就像一道巨浪，在向岸边奔腾时突然间被冻结在平静的海面上方。再走近一些，就快到提帕萨的城门了，眼前便是他高耸的褐绿相间的巨大身躯，眼前便是这长满苔藓的古老神明，没有什么能撼动他——他是他子孙的庇护所与港湾，我便是那些子孙中的一个。

　　就在凝视他的时候，我终于穿越了铁丝网，再度身处废墟之中。在十二月辉煌的阳光下，我确切地找到了我曾经在此寻找的东西。在这片荒凉的自然景观中，尽管时过境迁，这东西依然真真切切地只奉献给我一人。这样的事情在生命中只能发生一两次，而一旦发生过，生命就可以被视作圆满了。从落满橄榄的集会场可以看到下方的村庄。没有任何声响从那里传来，几缕轻烟在澄澈的天空中袅袅升起。大海也合上了嘴巴，仿佛因不间断地沐浴在耀眼却冷冽的阳光中而窒息。只有一声鸡鸣从遥远的舍努阿山传来，颂扬着白日脆弱的光辉。在废墟那边，目力所及之处，只能看见表面坑坑洼洼的石头、苦艾、树木和在晶莹剔透的空气中显得完美无瑕的立柱。清晨仿佛静止了，太阳仿佛无限期地停驻了。在这光芒与寂静中，多年的愤怒和漫漫长夜渐渐地消融。我在我身上听见一个几乎被遗忘了的声音，仿佛我早已停止跳动的心脏重新开始缓慢地搏动。而如今，我已然清醒，一个接一个地辨认出了那些造就了这寂静的细微声音：鸟儿连绵的低音、岩壁脚下大海轻声而短促的叹息、树木的摇曳、立柱盲目的歌声、苦艾的摩挲、蜥蜴的鬼祟。我听见这一切，我也倾听着在我身上汹涌的幸运波涛。至少有那么一刻，我觉得自己终于回到了港口，并且从今以后，这一刻将永远不会结束。可没过多久，太阳就在天空中明显升高了一些。一只乌鸦简短地开了嗓，随即，鸟儿的歌声从四面八方响起，带着一种力量、一种喜悦、一种快乐的不和谐、一种无限的欣喜。白日重新开始大步向前。它会伴随着我，直至傍晚时分。

半沙质的山坡上长满天芥菜，仿佛前些天的怒涛退去后留下的泡沫。正午，我在那里凝望大海，这个时辰的大海正拖着疲惫的身姿汹涌澎湃，而我的两种渴望得到了满足——我指的是爱和欣赏。除非生命枯竭，否则这两种渴望无法得到长久排解。因为不被爱仅仅意味着不走运，丝毫不去爱则意味着苦难。今日，我们所有人都深受这种苦难的折磨。因为鲜血和仇恨令心灵本身干枯；为正义而长期奔走耗尽了孕育正义的爱。我们生活在喧嚣中，在那里不可能有爱，也没有足够的正义。这便是欧洲憎恨白日，只知用不公对抗不公的原因。为了防止正义萎缩成一枚外表美丽、内里却只剩一团干涩果肉的橙子，我在提帕萨重新认识到，必须在自己身上完整地保有一种清新和一个快乐的源泉，必须热爱摆脱了不公的白日，必须带着赢来的这片光明返回战场。我在这里重新发现了古老的美，一方泛黄的天空。我掂量自己的运气，终于明白，即使在我们最糟糕的癫狂岁月里，对这方天空的记忆也不曾离我们而去。正是这方天空最终让我摆脱了绝望。我一直都知道，提帕萨的废墟比我们的工地或瓦砾更年轻。在那里，世界每天都在一片始终全新的光明中重新开始。啊，光明！这是古代戏剧里的所有人物在面对自身命运时的呐喊。我到时也会使出这最后的招数，这一点，我如今已然知晓。在这隆冬时节，我终于明白，在我身上有一个不可战胜的夏天。

　　我又一次离开提帕萨，重新回到欧洲和它的斗争之中。但这一天的记忆依旧支撑着我，帮助我以同样的心情去迎接使人欣喜和使人沮丧的事情。在我们如今所处的艰难时刻，除了不排斥任何事物，除了学会将黑线和白线编织成同一根紧绷到快要断裂的绳子，我还能希求什么呢？我觉得，从我迄今所做和所说的一切之中，可以清楚地辨别出这两种力量，即使在它们互相对立时也是如此。我无法抛弃我出生时的光明，可我也不想拒绝这个时代的奴役。在这里将提帕萨温柔的名字与其他更响亮、更残酷的名字相对立，未免太过简单；对当今的人们而言，存在着一条内心之路，它从精神之丘一直通往犯罪之都——我熟知这条路，因为我曾往返跋涉其中。无疑，我们可以一直休息，安眠于山丘之上，或寄宿于犯罪之中。然而，如果我们放弃一部分的存在，那么我们自身就必须放弃存在，也就是说，必须放弃生活与爱，除非由他人代理。于是就有了一种不拒绝生活的任何一面的生之意志，它是我在这世上最尊崇的美德。至少，我有时的确想要实践它。既然很少有时代像我们的时代这样，要求我们对至善与至恶一视同仁，那我就不回避任何事物，将一种双重的记忆原模原样地保存下来。是的，有美，也有屈辱。无论这项事业是多么困难，我都希望永远不会对任何一方不忠。

但这依旧像是一种道德伦理，而我们是为某种比道德伦理更深远的东西而活。如果我们能说出它的名字，那会是怎样的宁静。傍晚时分，提帕萨东边的圣萨尔萨小丘上有人栖留。天其实还很亮，但光亮中存在着一种无形的衰微，它宣告了白天的结束。起了一阵风，如夜色般轻盈，而波澜不惊的大海则突然选定一个方向，像一条荒芜的河流般从地平线的一端流向另一端。天色越来越深。神秘由此开启——夜之神明，快乐之彼岸。该如何解释这一切？从这里带走的一枚小小的硬币上，有一面能看得清，印着一张漂亮的女性脸庞，向我映照出当日所领悟到的一切；另一面，我在回去的路上用手指摸了摸，发现已被剥蚀。这张没有嘴唇的嘴巴会说些什么呢？应该和我身上另一个神秘声音说的一样吧。后者每天都将我的无知与幸福告知于我：

"我所找寻的秘密埋藏在一个橄榄树林立的山谷里，就在那青草和冷淡的紫罗兰下，就在一座散发着葡萄嫩枝味道的老房子周围。在超过二十年的时间里，我走遍了这个山谷，以及其他与它相似的山谷，我向缄默的牧羊人询问，我敲击无人居住的废墟大门。有时，当第一颗星辰出现在依旧明亮的天空中时，在细微的阵阵光雨下，我觉得我知晓了。我的确知晓了。也许我一直是知晓的。但没人想要这个秘密，无疑，我自己也不想要它，而我无法将我自己与我的同胞分开。我生活在我的家庭中，我的家庭自以为统治着几座富饶、丑陋，用石头与迷雾建造的城市。无论是白天还是黑夜，它都在盛气凌人地讲话，一切都在它面前屈服，可它却不屈服于任何事物，它对一切秘密都充耳不闻。它的力量支撑着我，却又令我烦恼，有时，它的叫喊声也令我感到厌烦。但它的苦难也是我的苦难，我们流淌着相同的血液。我也很虚弱，作为一个吵闹的共谋者，我不也曾在这石头间叫喊吗？所以我尽力遗忘，我在我们那些用铁与血筑造的城市里行走，我勇敢地对着夜晚微笑，我呼唤着暴风雨，我将忠贞不渝。其实，我已经遗忘：从此以后，我将背向喧嚣而行。但也许有一天，当我们已准备好因疲惫和无知而死去，我会抛弃我们这些吵嚷的坟墓，到山谷中去，躺卧在同一片光芒下，最后一次领悟我已知晓的事物。"

（1952 年）

# 贴近大海

## 船上日记

　　我在海里长大，那时候，贫穷对我而言是奢侈的；然后我失去了大海，于是一切奢侈对我而言都显得灰暗，都是令人难以忍受的苦难。从此，我开始等待。我等待返航的船只，等待水上的居所，等待澄澈的日子。我耐心地等待，全心全力、彬彬有礼地等待。人们看见我漫步于美丽而精致的街道，我欣赏风景，我像其他人一样鼓掌，我伸出手去，那不是我在说话。人们赞美我，我便有些幻想；人们冒犯我，我却不怎么惊讶。然后我便遗忘，朝着侮辱我的人微笑，或者过于礼貌地向我喜欢的人打招呼致意。假使我的记忆仅容得下一个画面，那该怎么办呢？人们最后会催着我，要我说出我是谁。"我还什么都不是，我还什么都不是……"

我在葬礼上超越了自己。我的确擅长于此。我迈着缓慢的脚步，行走在开满废铁之花的郊区；我取道栽满水泥之树的宽阔巷子，它们通向冰冷大地上的一个个洞口。在那儿，在天空略微泛红的绷带下，我看着几个大胆的同伴将我的朋友们埋葬于三米之下。一只沾满黏土的手递给我一朵花，假使我把这朵花扔过去，它也绝不会错失坟墓的怀抱。我的虔诚是精确的，我的情感是准确的，我的颈背倾斜得十分得体。我的言辞公正不阿，人们对此表示钦佩。但我一无所成，我等待着。

我等待了许久。有时，我会跌倒，我会失去控制，成功在我眼前一闪而过。那又有什么关系呢，反正我孤身一人。我就这样在夜里醒来，在半梦半醒间，觉得自己听见了一丝海浪的声响，水的呼吸。全然清醒后，我发现那是风穿过树叶的声音，是那荒凉城市的悲惨杂音。随后，我所有的艺术手法都不足以掩盖我的苦恼，或把它包裹得十分时髦。

另有些时候则恰恰相反，我会得到帮助。在纽约的某些日子，我迷失于那一口口用石头和钢铁制成的大井的底部，那里有数百万人在游荡。我从一口井跑向另一口井，精疲力竭却不见尽头，直到我只能倚靠正寻找其出口的人群支撑着。于是我窒息了，惊恐得快要尖叫起来。但每次都会有一声拖船的呼唤自远方传来，提醒我这座如干枯的蓄水池般的城市是一座岛屿，而在炮台公园的最高处，洗礼之水正等待着我，它又黑又臭，覆满了空心的软木。

　　因此，虽然我一无所有，散尽了家财，在自己那么多的宅邸旁露宿，但只要我愿意，我就能得到满足，我随时可以启航，绝望不会理睬我。绝望者没有故乡，而我，我知道大海既在前方引领我，也在后方跟随我，我的癫狂已准备就绪。相爱又分离的人们可能会生活于痛苦中，但这并不意味着绝望：他们知道，爱情存在着。这也是为什么我双眼干涸，因放逐而痛苦。我依然在等待。终有一天……

水手赤裸的双脚轻柔地踩踏着甲板。天刚亮，我们就启航了。我们一出港口，一阵短促而有力的风便猛地扫过海面，大海向后翻卷，涌起一道道细小而没有泡沫的波浪。过了一会儿，风力增强，在水面上撒下一朵朵转瞬就不见踪影的山茶花。就这样，一整个上午，我们船上的风帆都在一片欢乐的鱼塘之上簌簌作响。水体沉重，像是覆盖着鳞片，包裹着清凉的黏液。海浪时不时地对着船首啸叫；一团苦涩而油腻的泡沫像是神明的涎水，沿着木头流淌，直至落入水中，散落成一个个垂死重生的图案，仿佛某只蓝白相间的母牛身上的一绺毛，宛若一头精疲力竭的野兽，依然沿着我们的航迹漂流了许久。

　　自从我们启航，一群海鸥就跟在我们的船后面，似乎毫不费力，几乎连翅膀都不拍动一下。它们笔直、优美地飞行，几乎不倚仗海风。突然，与厨房同高的地方传来一声"扑通"，向鸟儿们发出了开饭的提醒，打乱了它们优美的飞行队形，点燃了一团由白色羽翼组成的炽热火焰。海鸥们疯狂地向四面八方盘旋，然后一个接一个地离开混乱的队伍，向海面俯冲而去，速度丝毫不减。几秒钟以后，它们便又聚集在水面上。那里活像一个被我们抛在后方的嘈杂的家禽饲养场，筑造在波涛中，而波涛正慢慢地拂去佳肴的残骸。

正午时分，在沉重无比的烈日下，大海筋疲力尽，几乎不再涌起。海浪落回到海面上，使寂静呼啸。经历了一个小时的炙烤，苍白的水面就像一大块白热化的钢板，滋滋作响。接着它冒起烟来，最终燃烧起来。片刻之后，它就翻过身来，在波涛和黑暗中，向太阳露出潮湿的一面。

我们穿过赫拉克勒斯之门 [1]，此处的海岬是安

---

1　赫拉克勒斯之门指直布罗陀海峡两岸耸立的海岬。据传，这里是希腊神话中的大力士赫拉克勒斯出行抵达的最西端，故名。还有传说称此地的名字来源于赫拉克勒斯开凿直布罗陀海峡。

泰[1]丧生的地方。再往外，到处都是大洋，我们一次性绕过合恩角和好望角，经线与纬线相交，太平洋啜饮大西洋。很快，温哥华的海岬就出现在我们眼前，我们缓缓向前，向着南太平洋航行。数链[2]之外，复活节岛、荒芜之岛、新赫布里底群岛成群结队地在我们面前鱼贯而过。一天早晨，海鸥们突然消失了。我们远离一切陆地，只身孤影，只有风帆与机器相伴。


只身孤影，还有地平线相伴。海浪一个接一个地从隐没的东方打来，十分耐心；它们直抵我们面前，然后再度耐心地向未知的西方进发，一个接一个。路途漫漫，从未开始，从未结束……江河只会流逝，而海洋既流逝又驻留。这便是我们去爱时应

---

1　安泰，即安泰俄斯，希腊神话中的巨人，海神波塞冬和大地女神盖娅之子。格斗时，只要身不离地，就能从大地母亲身上不断吸取力量。赫拉克勒斯发现他的这一特征，把他举在半空中击毙。
2　链，旧时航海时计量距离的单位，1 链约等于 185 米。

有的方式，忠诚而短暂。我与大海结为夫妻。

海水盈盈。太阳落下，被地平线前的雾气吞没。有那么短暂的一瞬，大海的一边呈粉色，另一边呈蓝色。然后，海水的颜色变深。我们的双桅帆船像是在一个厚重晦暗的浑圆金属面上滑行，如沧海一粟。傍晚降临，在这最平静的时刻，数百只海豚忽然跃出水面，在我们周围嬉戏片刻，然后向无人的地平线蹿去。它们离开后，这片原始水域便只剩寂静与苦恼。

又过了一会儿，我们在热带遇见一座冰山。它在温暖的海水中历经了长途跋涉，当然已经看不见了，但依然能产生某些效果：它从船的右舷经过，那里的缆绳上覆盖了一层薄薄的霜露；而在左舷，白日就这样干燥地走到了尽头。

夜晚并不是降临于海上的。已被淹没的太阳用厚厚的灰烬渐渐将海水深处染黑，因而夜晚反倒是从水中升起，攀上依旧泛白的天空。有那么短暂的一瞬，金星孤独地悬于黑色浪涛之上。眼睛一睁一闭，如水的夜空便缀满了繁星。

月亮升起来了。它先是朦胧地照耀着水面，然后越升越高，印刻进柔软的海水中。它最终升至顶点，在海面上照出整整一条走廊，如一条绚丽的银河，随着船只的移动而汹涌，向我们倾泻而来，无穷无尽，直至流入阴暗的大洋之中。这便是我在喧闹的灯光、酒精、欲望的骚动中呼唤的温柔之夜、清凉之夜。

我们在如此广袤的空间里航行，以至于觉得永远也不会抵达终点。日月在同一条光明与黑夜之线上交替起落。海上的日子，每一天都是那样相似，就像幸福那样……

这正是斯蒂文森[1]所言的既反抗遗忘又反抗记忆

---

1　罗伯特·路易斯·斯蒂文森（Robert Louis Stevenson，1850—1894），英国小说家，代表作有《金银岛》等。

的生活。

黎明。我们垂直驶过北回归线，海水呻吟着、抽搐着。白日在波涛汹涌的大海上方显现，海上缀满了钢制闪光片。天空因雾气和热浪而泛白，散发着了无生气却令人难以忍受的光芒，仿佛太阳在厚厚的云层中被融化成了液体，散布在整个苍穹上。病态的天空笼罩着腐烂的海洋。随着时间的推移，热量在苍白的空气中积聚。整整一个白天，船头都在将一群又一群如小铁鸟般的飞鱼驱赶出海浪荆棘丛。

下午，我们邂逅了一艘正往北向城市返航的邮轮。我们的汽笛发出三声如史前动物般的尖叫，与来船互相致意；一些在海上迷途的旅客因被告知有其他人类存在而发出一系列信号；两艘航船之间的距离渐渐拉大；它们最终在凶恶的水面上分开，这一切都让人心头一紧。这些执拗的疯子，紧紧地抓着木板，被抛到无垠大洋的鬃毛之上，以追寻漂流的岛屿，哪个钟爱孤独与大海的人不会爱上它们呢？

在大西洋的正中央，狂风无休止地从一极吹向另一极，我们在它面前弯下了腰。我们发出的每一声呐喊都迷失、飘散在无垠的空间里。但这呐喊一天天地随风席卷而去，终将抵达地球略扁的两端中的一端，在冰封的山壁间久久地回荡，直至被某处一个迷失在雪壳中的人听见，他感到心满意足，想要笑出来。

正当我在午后两点的太阳下半梦半醒之时，一记可怖的声响将我唤醒。我看见太阳在大海深处闪耀着，浪涛在汹涌的天空中翻腾着。倏忽之间，大海燃烧起来，太阳化作一道道冰冷的寒流，流入我的喉咙。在我的周围，水手们又哭又笑。他们互相喜欢却无法彼此原谅。那一天，我认清了世界的本来面目，我决意接受它的善亦是恶，它的罪行亦是拯救。那一天，我明白了这世上存在着两种真相，而其中一种永远也不该被说出来。


　　南半球那轮略有亏缺的奇怪月亮陪伴了我们几个夜晚，然后迅速从天空滑落至水中，被海水吞没。只剩下南十字座、寥落的疏星、长着孔隙的天空。与此同时，风完全停了下来。天空在我们静止的桅杆上方摆动、摇晃。发动机停止运转，风帆被收拢起来，我们在炎热的夜晚咝咝喘气，海水亲切地敲击着我们的船舷。没有任何命令，机器缄默不语。为什么要继续，又为什么要返航？我们心满意足，一种无声的癫狂不可避免地将我们催眠。一天就这样到来，将一切完成；必须随波漂流，就像那些游泳游到精疲力竭的人一样。完成什么？我从不对自己吐露一句。啊，苦涩的床笫，阔绰的卧榻，王冠在海水深处！

清晨，我们的螺旋桨温柔地搅动，令微凉的海水泛起气泡。我们恢复了航速。将近正午的时候，一群鹿从遥远的大陆而来，与我们相遇，超越我们，以稳定的节奏朝北方跑去。许多五颜六色的鸟儿跟在它们身后，时不时地到它们的丛林中休息。这片沙沙作响的森林渐渐消失于地平线。不一会儿，海上开满了奇特的黄花。将近傍晚的时候，一阵无形的歌声从我们的前方传来，持续了很多个时辰。我酣然入睡。

迎着洁净的微风，我们扬起全部的风帆，在一片清澈而汹涌的大海上疾驶。当航速达到顶点，我们将舵打向左舷。白日将尽的时分，我们再次将航线拉直，船身向右侧倾，以至于连风帆都能掠及水面；我们就这样沿着南半球的一块大陆高速行驶。我认得这块大陆，因为过去我曾坐在一架如粗野的棺材般的飞机中，盲目地从它上空飞过。我就像个

懒王 [1]，我的马车缓慢前行；我期待着大海，却从未抵达。怪兽嚎叫着，从秘鲁的鸟粪石上起飞，猛扑向太平洋畔的海滩，飞越安第斯山脉破碎的白色山脊，接着飞越阿根廷遍布苍蝇群的广袤平原，一下子就将四处流淌着牛奶的乌拉圭草原与委内瑞拉黑色的大河连接起来，然后降落，依旧嚎叫着，在新的待吞噬的空荡空间前贪婪地颤抖着，从不停止前进，或者至少，仅仅是以一种抽搐的、执着的缓慢，凭着一种惊慌的、固定的、中了毒的活力前进。于是我在我的金属牢房里生不如死，我梦想着屠杀与狂欢。没有空间，就不会有纯真，也不会有自由！对于无法呼吸的人来说，监狱意味着死亡与癫狂；除了杀戮和占有，我们还能怎么做呢？相反，今天的我充满了活力，我们全部的羽翼都在蓝天中簌簌作响，我要为航速而呐喊助威，我们将六分仪和罗盘扔进了海里。

---

1　懒王（roi fainéant），法兰克王国墨洛温王朝最后几代国王的贬称。他们懒散成性，不问政事，大权旁落。

在狂风的吹拂下，我们的风帆像是用铁做的。海岸在我们眼前全速漂移，高大的椰子林的根部浸润在一个个翡翠色的潟湖中，宁静的海湾里遍布红帆，沙滩沐浴在月光下。突然出现了几座摩天大楼，它们的墙体上早已满是裂缝，因为从后院开始生长的原始森林对大楼产生了推力；到处都是一棵棵黄花风铃木或长着紫色树枝的树木，它们将一扇扇玻璃窗捅破；里约热内卢最终在我们身后倒塌，植被将覆盖这片全新的废墟，奇久卡[1]的猴子将在那里开怀大笑。航速更快了，我们沿着巨大的海滩疾行，那里的海浪拍打在一道道沙子上，四散蔓延。航速又快了些，我们看见乌拉圭的绵羊群蹚入大海，一下子就把海水染成了黄色。接着，在阿根廷海岸，每隔一段距离就能见到一个大柴堆，半头牛被高高地挂在上方，慢慢地炙烤。夜里，火地岛的浮冰袭来，在数小时的时间里一直敲打着我们的船体，而

---

1　奇久卡（Tijuca），巴西里约热内卢北部的一个街区，那里坐落着全世界最大的都市森林——奇久卡国家公园。

船却几乎没有减速和转向。清晨，太平洋无与伦比的巨浪将我们缓缓托起，向我们发出搁浅的威胁。它冰冷刺骨，绿白相间，沿着智利数千公里的海岸翻腾。舵手转舵避开了它，将我们再次带到荒芜之岛。在风平浪静的傍晚，我们第一次遇见马来西亚的船只，它们朝着我们驶来。

"到海上去！到海上去！"我在孩提时代读过的一本书里，那些了不起的男孩子这样喊道。我已全然忘记这本书的内容，除了这声呐喊。"到海上去"，然后经由印度洋进入狭窄如林荫道般的红海。在寂静的夜晚，你能在那里听见沙漠中的石头炸裂的声音，它们在经历白天的暴晒后迅速冷却，一个接一个地碎裂。我们又回到了那片古老的大海，在那里，呐喊声沉寂了下来。


终于，有一天清晨，我们停靠在一个海湾，那里设有许多固定的风帆标识，充斥着一种奇特的寂静。只有几只海鸟在天空中争抢着芦苇碎片。我们泗水来到一片荒凉的海滩上；整个白天，我们都泡在水里，然后到沙滩上晒干。傍晚降临，在泛绿、退缩的天空下，大海依旧是如此安宁与平静。一个个短浪在温热的沙滩上吹起一个个泡沫。海鸟不见了。只剩下一方空间，献予这场静止的旅行。


在某些夜晚，温柔在延续，是的，要是能知道这样的夜晚会在我们死后再度降临在大地和海洋之上，我们也就死而无憾了。伟大的海洋，一直被耕耘，却又始终完好如初，我的信仰与夜晚同在！大海洗涤我们，让我们在它贫瘠的田地中饱餐一顿；它解放我们，支撑我们昂首挺立。每一阵浪涛中都有一个承诺，这承诺永远相同。浪涛说了什么？如果我不得不在这样的境况下死去——四周冷山环绕，被世界忽视，被同胞抛弃，最后奄奄一息——那么大海一定会在最后一刻涌入我的牢房，将它填满，将我推举到比自我更高远的地方，帮助我不怀憎恨地死去。

L'Été

午夜时分，我独立于海岸边。再等待片刻，我就会离开。就连天空本身也与繁星一道抛了锚，就像那些亮起灯光的邮轮，在这个时刻，在世界各地，将一个个港口中黑暗的水面照亮。空间与寂静以相同的重量压在我的心头。一份突如其来的爱情、一件伟大的作品、一个关键的行动、一个改天换地的思想，它们会在某些时刻带来一种相同的焦虑。这种焦虑令人难以忍受，却也有一种令人难以抗拒的吸引力。处在美妙的存在焦虑中，处在一种我们不知其名的危险的精妙感受中，生活，是否意味着奔向死亡？那就让我们再一次不做喘息地奔向我们的死亡吧。


　　我总觉得自己生活在远海，备受威胁，但也处于极乐的中心。

（1953 年）

**图书在版编目（CIP）数据**

在我身上有一个不可战胜的夏天 /（法）阿尔贝·加缪著；沈逸舟译. -- 杭州：浙江人民出版社，2025.7（2025.9重印）. -- ISBN 978-7-213-12039-8

Ⅰ. I565.65

中国国家版本馆CIP数据核字第2025ST5031号

在我身上有一个不可战胜的夏天

ZAI WO SHENSHANG YOU YIGE BU KE ZHANSHENG DE XIATIAN

[法]阿尔贝·加缪　著　沈逸舟　译

| | |
|---|---|
| 出版发行 | 浙江人民出版社（杭州市拱墅区环城北路 177 号　邮编 310006） |
| 责任编辑 | 卓挺亚 |
| 责任校对 | 杨　帆 |
| 封面设计 | 魏　魏 |
| 版式设计 | 何家仪 |
| 内文排版 | 书情文化 |
| 印　　刷 | 河北鹏润印刷有限公司 |
| 开　　本 | 787毫米×1092毫米　1/32 |
| 印　　张 | 8.75 |
| 字　　数 | 117千字 |
| 版　　次 | 2025年7月第1版 |
| 印　　次 | 2025年9月第5次印刷 |
| 书　　号 | ISBN 978-7-213-12039-8 |
| 定　　价 | 58.00元 |

如发现印装质量问题，影响阅读，请与市场部联系调换。

质量投诉电话：010-82069336